INSIGHT ME

Jäff Roxx

Bibliografische Information der Deutschen
Nationalbibliothek: Die Deutsche Nationalbibliothek
verzeichnet diese Publikation in der Deutschen
Nationalbibliografie; detaillierte bibliografische Daten sind
im Internet über http://dnb.dnb.de/ abrufbar.

© 2018 Jäff Roxx
Herstellung und Verlag: BoD – Books on Demand,
Norderstedt

ISBN: 9783752872972

Vorwort

Sehr geehrte Leserschaft,
dieser Kurzroman entstand in Zusammenhang mit
einem Musikprojekt der Band „Rise in Chains". Die
Idee war es, ein Album zu schreiben, das auf
Klassikern der Schauer- und Fantasyliteratur basiert
und diese in einer neuen Geschichte zusammen zu
führen. Das Ergebnis dieses Experimentes haltet Ihr
nun in Händen.
Das Zusammenwirken dieser beiden Werke, des
Albums und des Buches zum Album, wird durch den
Titel „Insight Me" deutlich. An dieser Stelle möchte
ich auch meiner Band, meiner Familie und meinen
Freunden danken, die mich bei dieser Schaffensreise
begleitet haben, und ohne die ein solches,
intermediales Projekt niemals möglich gewesen
wäre.

Prolog

»Es passiert immer öfter.«

Sein Herz schlägt schnell. Henry weiß nicht, wie er seine Situation beschreiben soll.

»Anfangs bin ich nur anderswo aufgewacht, als ich eingeschlafen bin«, sagt er. »Aber mittlerweile passiert es mir sogar mitten am Tag. Ich frühstücke und stehe plötzlich auf einer Brücke. Oder in einer Gasse. Mitten in der Nacht. Und wenn ich wieder zu mir komme, habe ich immer das Gefühl, ich werde beobachtet. Als wäre ich nicht alleine. Aber wenn ich mich umsehe, ist weit und breit niemand zu sehen.«

Kalter Schweiß läuft ihm über die Stirn. Angstschweiß. Ohne den Kopf zu drehen, sieht er sich um. Er versucht heimlich seine Umgebung zu beobachten, ohne dass sein Gesprächspartner etwas davon mitbekommt. Dieser macht sich Notizen.

Henry sitzt auf einem weichen Sofa. So weich, dass er das Gefühl hat, darin komplett versinken zu können. Die schwere Holztür des großen Raumes ist geschlossen, ebenso die hohen Fenster. Außer seinem Gesprächspartner und Henry selbst ist der Raum Menschenleer. Der Andere sitzt in einem Ohrensessel, die Beine verschränkt, einen Notizblock auf dem Schoß.

Henrys Hände sind schweißnass. Er fühlt sich nicht wohl bei dem Gedanken, dass er einem, bis vor kurzem völlig Fremden, erzählt, welche verdrehten

Ängste und Bilder in seinem Kopf umherschwirren. Er hat Angst vor dem Urteil, dem er sich aussetzt. Angst vor den Konsequenzen. Ist er verrückt? Wird er am Ende auch noch eingewiesen werden? Aber er kann das alles nicht mehr für sich behalten. Etwas stimmt nicht mit ihm. Er weiß, dass er Hilfe braucht. Deshalb sitzt er nun hier vor einem Psychiater.

»Und Sie haben gar keine Erinnerungen daran, was in der Zwischenzeit passierte, Mister Bates? Auch nicht von Verwandten oder Bekannten, die Sie darauf angesprochen haben?«

Henry sieht dem Fragesteller direkt in die Augen. Wie hypnotisierend wirkt das Blaugrau seiner Iris. Die Falten um die Augen sind tief und bergen dunkle Schatten. Sie zeugen von Erfahrung und Weißheit. Der Blick des Doktors wirkt beruhigend auf Henry. Ganz im Gegensatz zu dessen restlicher Mimik. Es ist schwierig zu deuten, ob sich auf den runzligen Lippen ein Lächeln abzeichnet oder nicht. Henry hat des Öfteren das Gefühl, er würde die Mundwinkel des Doktors zucken sehen. Manchmal denkt er, der Mann vor ihm nimmt ihn nicht ernst. Oder noch schlimmer, hält ihn für untherapierbar. Für verrückt.

»Nein. Weder meine Frau, noch meine Kollegen wussten etwas. Sie waren auch sehr verwundert, wenn ich mich nach meiner verlorenen Zeit erkundigte«, sagt Henry etwas zögerlich.

Natürlich hat er sonst niemandem erzählt, was wirklich in ihm vorgeht. Dass er diese Blackouts hat und nachdem er zu sich kommt dieses unangenehme

Gefühl hat, dass etwas schreckliches vorgefallen ist, während er nicht bei Bewusstsein war. Aber dennoch hat er versucht unauffällig nachzufragen, ob etwas vorgefallen war.

»Nun, Mister Bates, nach allem was Sie mir erzählt haben, denke ich, es wäre hilfreich, wenn wir versuchen, ihre Erinnerungen abzurufen. Wissen Sie, das Gehirn speichert all diese Informationen ab, aber manchmal werden diese Erinnerungen verdrängt und verschlossen, um sich selbst zu schützen. Vielleicht ist etwas in Ihrer Vergangenheit vorgefallen, das Sie veranlasst hat, ihre Erinnerungen in ihr Unterbewusstsein zu verbannen. Und wenn wir herausfinden, was passiert ist, können wir vielleicht einen Weg finden, diese Blackouts zu verhindern«, sagt der Doktor.

»Und wie wollen Sie an meine Erinnerungen kommen«, fragt Henry misstrauisch.

»Ganz einfach. Schließen Sie die Augen und hören Sie nur auf meine Stimme.«

Kapitel 1 – Willkommen im Wunderland

Mit einem tiefen Atemzug kommt Henry zu sich. Er reisst die Augen auf und ringt nach Luft. Dann lassen seine Knie nach und er muss sich mit den Händen abstützen, um mit dem Gesicht nicht im Dreck zu landen. Sein Herz scheint ihm jeden Moment aus der Brust zu springen. In seinem Kopf herrscht Leere. Er kann keinen klaren Gedanken fassen. Es gibt nur das eine Gefühl, das seinen Körper lähmt – Angst. Er bemerkt, dass er unkontrollierbar zittert. Seine Finger verkrampfen sich, bohren sich in die Erde unter ihm. Er versucht die Augen zu schließen, sich auf seine Atmung zu konzentrieren. Sie zu beruhigen.

Er weiß nicht, wie lange er schon in dieser Position, auf allen vieren, verharrt ist, bis er sich endlich wieder beruhigt hat. Minuten? Stunden? Es kommt ihm wie eine Ewigkeit vor. Erst langsam kann er sich auf seine Situation konzentrieren.

Das Erste, das ihm auffällt, ist, dass er nicht weiß, was passiert ist. Er weiß nicht, woher diese Angst kam, dieses lähmende Gefühl, welches sein Herz rasen lies, immer noch rasen lässt. Weshalb ihm die Luft weggeblieben war. Nachdem er langsam zu sich kommt und seine Gedanken ordnen kann, schließt er die Augen und nimmt ein paar tiefe Atemzüge. Die Luft, die er dabei einzieht, ist kalt und riecht modrig. Und es ist still. Totenstill. Keine Vögel, keine Menschen, kein Wind.

Endlich öffnet er die Augen. Er sieht die dunkle Erde zwischen seinen Fingern. Einen Moment später wagt er es, langsam aufzustehen. Seine Knie wackeln noch, doch er spürt seine Kraft zurückkehren. Jetzt schwirren ihm zwei Fragen im Kopf herum: »Wo bin ich? Und wie bin ich hierher gekommen?«

Tatsächlich kann er sich nicht erinnern, jemals an einem Ort wie diesem gewesen zu sein. Es ist tiefe Nacht. Nur das Mondlicht erhellt Henrys Umgebung gerade soweit, dass er einige Meter weit sehen kann. Nicht einmal Sterne sind am Firmament zu sehen. Die Erde unter ihm ist schwarz. Sie wirkt, als würde sie das blasse Mondlicht verschlucken. Ebenso die kahlen Bäume, deren Umrisse Henry nur erahnen kann. Sie ragen bedrohlich in Richtung der blassen Lichtquelle am Himmel, ihr ihre knochigen Äste entgegenstreckend. Der Wind setzt die Äste in Bewegung und lässt es so aussehen, als griffen sie nach dem Mond, um ihn vom Himmel zu holen. Jetzt fällt es ihm auf. Der Wind weht, doch er kann ihn nicht auf seinem Gesicht spüren. Er hört ihn auch nicht! Bewegen die Bäume sich von selbst? Das kann doch nicht sein! Henry schließt die Augen und schüttelt den Kopf. Als er wieder aufblickt, stehen die Bäume still. Er hält einen Moment die Luft an und wartet ab. Nichts. Keine Bewegung mehr. Vorsichtig sieht er sich weiter um und bemerkt eine neue Lichtquelle. Direkt unter ihm scheint der Boden zu glühen. Wo gerade eben noch schwarze

Erde lag, schimmert es nun gelb. Spiralförmig wird die Fläche erst größer, bis sie sich durch den Boden schlängelt und einen gelben Weg bildet.

»Wenn der Weg das Ziel ist, dann dürftest du jetzt wohl angekommen sein, nicht wahr?«

Henry dreht sich um. Er sucht den Ursprung zur Stimme. Aber da ist niemand. Er sieht nach links und rechts, doch kann nichts erkennen.

»Aber ich habe das Gefühl, du hast nicht nach dem Weg gesucht, oder? Du suchst etwas anderes«, sagt die Stimme.

Henry spürt kalten Schweiß auf seiner Stirn. Er dreht sich erneut in die Richtung des Weges. Vor ihm steht eine Gestalt. Es ist ein junger, attraktiver Mann, etwa so alt wie er selbst. Sein schmal geschnittener Anzug wirkt wie ein schwarzer Fleck, der jegliche Farbe aufsaugt. In dem schwachen Licht, das Mond und Weg spenden, funkeln die Augen stechend. Selbst im Dunkeln hat Henry das Gefühl dem Blick des Fremden kaum standhalten zu können. Dieser scheint zu lächeln.

»Und wer bist du«, fragt Henry misstrauisch.

»Nenn mich … Mister Gray«, stellt sich der Unbekannte vor und verbeugt sich leicht, »oh, und falls du es wissen willst – ich habe dich hierher gebracht.«

»Wie bitte? Wieso das? Was soll ich denn hier?«

»Nun … du bist doch der mit den Blackouts«, sagt Gray mit gespielter Verwunderung, »Hast du nicht bereits des Öfteren versucht herauszufinden, was es damit auf sich hat? Bist du nicht derjenige, der seine Erinnerungen wiederhaben will? Ich denke wir können uns gegenseitig helfen, meinst du nicht?«

Während dieser letzten Frage legt Gray seine Hand auf Henrys Wange. In diesem Moment brennen dessen Augen und er muss sie schließen. Er dreht sich weg, woraufhin der Schmerz nachlässt. Als er die Augen öffnet, ist Gray verschwunden. Henry sieht sich nach ihm um. Dabei fällt ihm auf, dass der Horizont etwas heller geworden ist. Mittlerweile gibt es auch Sterne am ansonsten noch immer dunklen Himmel.

»Der Tag bricht bald an. Vielleicht solltest du dich auf den Weg machen«, ertönt die Stimme von Gray wieder.

Der Angesprochene dreht sich in dessen Richtung. Gray sitzt auf einem Stein und grinst Henry schief an. Noch immer ist sein Gesicht in tiefe Schatten gelegt, doch dieses Grinsen könnten die größten und dunkelsten Schatten nicht verbergen. Gray greift in seinen Mantel und holt einen Apfel heraus, in den er genüsslich hinein beißt.

»Wieso auf den Weg machen? Wovon redest du? Und was genau erwartest du von mir«, verlangt Henry zu wissen.

»Was glaubst du denn, was das da auf dem Boden ist«, fragt Gray und deutet mit dem Kinn auf den gelb schimmernden Streifen, der sich unter Henrys Füßen gebildet hat.

Dieser sieht nach unten und stellt fest, dass aus dem Weg eine richtige Straße geworden ist. Das gelbe Schimmern kommt von Ziegelsteinen, die jetzt deutlich zu erkennen sind. Dieser Ort scheint sich ständig zu verändern.

»Dieser Weg ist für dich, mein lieber Henry«, sagt Gray, »und wenn du ihn bis zum Ende gehst, werde ich dir helfen. Das ist der Deal.«

»Mir helfen? Wobei willst du helfen? Und woher kennst du mich überhaupt?«

Gray beginnt laut zu lachen.

»Denk doch mal darüber nach. Wobei, wenn ich mir dich so ansehe … Geh lieber deinen Weg. Und ich darf mich schon darauf freuen, dein Gesicht zu sehen, wenn du dahinter kommst.«

Gray springt von seinem Stein auf und geht schnell auf Henry zu und sagt bei jedem Schritt: »Lauf Henry, lauf lauf lauf lauf lauf lauf.«

Kurz bevor Gray ihn umzurennen scheint, schließt Henry die Augen und dreht Gray seine Schulter zu, um ihn abzuwehren. Doch in dem Moment verstummt Gray. Henry verharrt in seiner Position. Wartend. Sekunden vergehen, die ihm wie Minuten vorkommen. Langsam öffnet er die Augen und sieht sich nach Gray um. Der ist wieder verschwunden. Henry versichert sich, dass Gray wirklich nirgends zu sehen ist, bevor er sich wieder entspannt. Dann beginnt er nachzudenken und seine letzte Erinnerung zu suchen. Er erinnert sich daran, dass er bei seinem Psychiater saß und von seinen

Blackouts erzählte. Der Doktor wollte, dass Henry seine Augen schließt und auf seine Stimme hört. Und das nächste woran er sich erinnert ist, dass er hier zu sich kam. Was war zwischenzeitlich passiert? Hat er einen weiteren Blackout? Oder sitzt er sogar noch auf dem Sofa und wurde nur hypnotisiert? Das würde diesen seltsamen Ort erklären, der sich ständig zu verändern scheint. Dann wäre Gray wohl auch nur ein Konstrukt seines Verstandes. Aber wenn das hier alles kein Traum ist, dann könnte er wirklich etwas wissen – oder nur mit ihm spielen.

Auch auf die Gefahr hin, dass er Gray nicht trauen kann und dieser ihn womöglich nur für irgendeinen seltsamen Plan missbraucht, hat Henry keine Ahnung, was er sonst tun sollte, als dem Weg zu folgen, der da vor ihm schimmert. Er atmet tief ein und beginnt seine Reise ins Ungewisse.

Kapitel 2 – Das Mädchen auf dem gelben Weg

Der gelbe Weg, der direkt unter seinen Füßen erschienen ist, führt Henry geradewegs zu den kahlen Bäumen, die er zuvor noch in so weiter Entfernung erahnt hat. Obwohl er das Gefühl hat, schon lange unterwegs zu sein, ist es noch keinen Deut heller geworden. Überhaupt scheint die Zeit hier anders zu verlaufen als er es gewohnt ist. Eine seltsame Zeit die zu diesem seltsamen Wald passt. Henry steht nun direkt vor den knochigen Bäumen und blickt ihrer Finsternis entgegen. Er kommt sich vor wie in einer Gruselgeschichte, die er als Kind gehört hat.

In dieser ging ein kleines Mädchen ebenfalls in einen dunklen Wald. Sie floh vor ihren Eltern, die sie nicht verstanden. Allerdings verlief sie sich, während die Nacht hereinbrach. Das Mädchen wusste weder den Weg zurück, noch einen anderen Weg aus dem Wald hinaus. Und während sie umherwanderte, bekam sie es mit der Angst zu tun. Sie hörte Geräusche, erschrak jedes Mal, wenn sie auf einen Zweig trat, der dann zerbrach. Sie fühlte sich beobachtet. Nicht ohne Grund, wie sich herausstellte. In einiger Entfernung konnte sie etwas bedrohliches hören. Ein schweres, animalisches Schnauben. Das Mädchen glaubte, dieses Schnauben gehörte einem Wildschwein und fürchtete sich noch mehr. Doch als das Schnauben, dieses Grunzen, näher kam, da konnte sie auch Schritte hören.

Schwere, langsame Schritte. Das blanke Entsetzen stand ihr ins Gesicht geschrieben, als sie sah, was da auf sie zukam. Sie wollte schreien, doch aus ihrem Mund kam kein Ton raus. Dann rannte sie los, so schnell sie konnte.

Ein Schrei zerreißt die kühle Nachtluft. Ein Schrei der Henry aus seiner Geschichte reißt und ihn zurück ins Hier und Jetzt holt. Er kommt zu sich und stellt fest, dass er noch immer wie angewurzelt vor dem Wald steht, so sehr war er in diese alte Geschichte vertieft. Ohne nachzudenken rennt er auf dem Weg weiter in den Wald hinein. Wer immer da geschrien hat, braucht Hilfe, das war deutlich. Doch als Henry bei der Quelle des Schreis ankommt, stockt ihm der Atem.

Vor ihm liegt ein Mädchen, etwa zwölf oder dreizehn Jahre alt. Mit weit aufgerissenen Augen starrt sie Henry an. Dieser ist selbst überrascht. Sie sieht genau so aus, wie er sich das Mädchen in seiner Geschichte immer vorgestellt hat. Sie trägt ihre roten Haare zu Zöpfen geflochten und ihr hellblaues Kleid ist schmutzig von der Erde auf der sie liegt. Plötzlich löst sie ihren Blick von ihm und sieht in den Wald hinein. Auch Henry dreht sich in die Richtung, in die das Mädchen blickt. Er hat das Gefühl, dass sie beobachtet werden. Ein eiskalter Schauer läuft ihm über seinen Rücken. Noch bevor er richtig darüber nachgedacht hat, hilft er dem Mädchen wieder auf die Beine und rennt mit ihr weiter den Weg entlang. Erst nachdem er völlig außer Atem ist, hat Henry das Gefühl, sie haben ihren Verfolger abgehängt. Er will das Mädchen fragen, was genau passiert ist und wovor sie da gerade weggerannt sind, aber als er sieht, wie geschockt sie noch immer ist, sagt er nur: »Ruh' dich ein wenig aus. Aber wir sollten bald weitergehen und aus diesem Wald raus kommen.«

Nach einiger Verschnaufzeit kommt auch das Mädchen wieder zu Atem und beruhigt sich.

»Vielen Dank«, sagt sie, »ich habe solche Angst.«

»Das glaube ich dir. Komm, wir müssen weiter, bevor dieses Ding zurückkommt. Dann kannst du mir vielleicht erzählen, was hier los ist.«

»Na schön. Aber sagst du mir wenigstens wie du heißt?«

»Na klar, ich bin Henry«, er streckt ihr seine Hand entgegen, »und du?«

Noch ein wenig zögerlich nimmt sie seine Hand und sagt: »Ich heiße Dorothy.«

»Freut mich, Dorothy. Also, was machst du hier draußen? Und was war das für eine Kreatur, die dich verfolgt?«

Als Dorothy beginnt, ihre Geschichte zu erzählen, staunt ihr neuer Wegbegleiter. Ihre Erzählung entspricht in jedem Detail der Gruselgeschichte aus seiner Kindheit. Der Streit mit den Eltern, wie sie ausgerissen ist und die Begegnung mit der Kreatur. Sie erzählt von ihrer Flucht.

»Der Regen peitschte mir ins Gesicht, so dass ich das Gefühl hatte, er würde mir kleine Kratzer reinschneiden. Meine Schuhe füllten sich mit Schlamm, der vom Regen aufgeweicht wurde. Sie fühlten sich an wie mit Zement gefüllt. Mit aller Kraft rannte ich weiter. Der Wind rüttelte an den Bäumen, als würde er sie gleich ausreißen. Mir war, als spürte ich seinen Atem im Nacken. Ich wollte schneller rennen, doch ich kam einfach nicht voran. Ich musste schon laut keuchen, aber ich hörte trotzdem seine Schritte. Es kam immer näher.

Die kalte Luft drang in meine Lungen und schien sie zu zerreißen. Mir war als würden die Bäume um mich herum näher kommen. Sie schienen sich zu mir zu beugen. Diese Kreatur kam immer näher. Die Bäume standen mir im Weg. Es wurde immer schwerer ihnen auszuweichen. Meine Füße sanken tiefer und tiefer in dem weichen Boden ein.

Seine Schritte wurden lauter. Ich konnte kaum noch meine Füße heben. Sein Knurren war so laut, dass ich schon glaubte, es packt mich jeden Moment. Ich konnte es nicht abhängen. Mein Fuß schmerzte ganz plötzlich und ich fiel auf den Weg. Dann sah ich diese gräßlichen Augen. Ich schrie und dann kamst du«, sie stockt, »Wieso ist er nur hinter mir her?«

»Er? Eben war es noch ein es«, wirft Henry ein. Ihm fällt auf, dass er sich nicht mehr daran erinnern kann, was genau die Kreatur in seiner Geschichte war, oder was sie wollte. Ebensowenig wie jetzt.

»Naja, es ist eine Kreatur, die irgendwie aussieht wie ein Mensch. Aber das kann doch kein Mensch sein«, sagt Dorothy noch immer verängstigt, »diese Augen, diese Zähne«, ihre Stimme bebt bei jedem Wort.

»Hey, beruhige dich«, sagt Henry und bleibt stehen. Er legt ihr seine Hand auf die Schulter. »Wir kommen aus diesem Wald raus und bringen dich dann nach Hause, okay? Dieses Ding wird dir nichts tun. Ich verspreche es dir.«

Sie sieht ihn mit großen Augen an. »Danke. Vielen Dank.«

Henry weiß nicht genau, wieso er sich plötzlich so sehr um dieses junge Mädchen sorgt, das er kaum kennt, aber er will sie in Sicherheit wissen und sie vor diesem Ding beschützen. Es ist, als wolle er sofort die Vaterrolle übernehmen, die, laut ihrer Erzählung, von ihrem leiblichen Vater nicht ausgefüllt wurde. Henry erinnert sich an seine eigene Kindheit und erzählt Dorothy, dass auch er selbst nicht das beste Verhältnis zu seinen Eltern hatte. Obwohl durch seine Blackouts auch viele Erinnerungen aus seiner Kindheit verloren gegangen sind, doch dieses Detail verschweigt er dem Mädchen lieber. Übrig geblieben sind ihm auf jeden Fall mehr Streitfälle als fröhliche Momente.

So unterhalten sich die beiden und lernen sich kennen, bis der gelbe Weg sie tatsächlich wieder aus dem Wald führt. Da überfällt Henry ein seltsames Gefühl. Ihm fällt auf das sie auch während ihrer Flucht den Weg nicht verlassen haben. Es dürfte der Kreatur nicht schwer fallen, ihnen zu folgen. Als hätte sie nur auf diesen Gedanken gewartet, springt sie zwischen den Bäumen heraus. Schneller als Henry reagieren kann, packt sie Dorothy mit einer prankenähnlichen Hand, stößt Henry zur Seite und rennt mit dem Mädchen davon.

Einen Moment bleibt Henry liegen. Er spürt ein Pochen in seinem Kopf, das immer stärker wird. Die Augen zusammengekniffen, beißt er die Zähne zusammen. Das Pochen wird schmerzhaft. Er krümmt sich auf dem Boden. Dann sieht er Bilder vor seinem inneren Auge. Ein Mädchen, das Dorothy zum verwechseln ähnlich sieht lächelt ihn an. Es spielt mit ihm und lacht. Dann wird es ihm klar. Eine Erinnerung! Henry erinnert sich an dieses Mädchen. Er hatte eine Schwester! Sie haben zusammen gespielt, sind zusammen aufgewachsen. Immer mehr Erinnerungsstücke kommen zurück. Er erinnert sich an glückliche Zeiten. Und dann an einen gewaltigen Streit. Ihr Vater schreit sie an. Sie rennt aus dem Haus. Henry folgt ihr. Es regnet. Erinnerungslücke. Donner. Ein Blitz. Ihr Gesicht. Seine Schwester sitzt auf dem Boden. Ihr Kleid ist durchnässt und dreckig. Sie weint. Henry hört seine eigene Stimme: »Dorothy!« Dann wird alles schwarz.

Sobald Henry seinen Kopf wieder hebt, ist die Kreatur mit Dorothy verschwunden. Er steht auf und sieht sich um. Das Monster ist nicht wieder in den Wald gerannt, da ist er sich sicher. Vor Henry erstreckt sich eine weite Hügellandschaft. Irgendwo hinter diesen Hügeln müssen sie sein, denkt er. Aber wie soll er sie verfolgen? Er will Dorothy befreien, doch dieses Monster ist zu schnell, selbst mit dem sich wehrenden Mädchen im Schlepptau. Welche Wahl habe ich denn, fragt sich Henry. Er folgt dem Weg weiter in der Hoffnung irgendwo doch noch auf die Kreatur und Dorothy zu treffen.

Henry ist sich nicht sicher, wie lange er schon auf dem gelben Weg entlang läuft. Mittlerweile ist der Wald hinter ihm nicht mehr zu sehen. Seine Gedanken drehen sich um die arme, entführte Dorothy und darum, wie viel Angst sie jetzt haben muss. Diese Kreatur, was auch immer sie ist, verheißt nichts Gutes. Ob sie auch wirklich dem Weg folgen? Henry bleibt auf einem Hügel stehen und sieht sich um. In welche Richtung sollen sie sonst gelaufen sein, wenn nicht den Weg entlang? Die Hügelebene, auf der Henry steht, ist in alle Richtungen bis zum Horizont leer. Selbst hinter ihm ist der Wald nicht mehr zu sehen. Der gelbe Weg ist die einzige Orientierung die er hat. Es gibt keine Bäume, keine Felsen, nur grasbedeckte Hügel und den klaren, blauen Himmel. In einer anderen Situation würde Henry diese Szenerie geradezu paradiesisch vorkommen. Er würde sich gerne ins Gras legen und ein wenig seinen Gedanken nachgehen. Sich erinnern an seine Kindheit, seine Eltern, sich erinnern an die Dinge, die er vergessen hat. Herausfinden, ob nicht doch noch etwas da ist, in den dunklen Flecken seiner Erinnerungen. Er muss an die letzte Sitzung bei seinem Psychiater denken. Wie war sie nur ausgegangen? Hat er etwas herausgefunden? Wieder beginnen Fragen in seinem Hirn zu kreisen, doch Henry ermahnt sich, dass es jetzt etwas wichtigeres gibt. Er muss Dorothy retten und das Ende des Weges erreichen. Also setzt er sich wieder in Bewegung und folgt weiter dem Weg.

Es müssen einige Stunden vergangen sein, die Henry bereits auf diesem Weg gelaufen ist. Die Sonne hat sich deutlich bewegt und steht ihm nun im Rücken. Der Nachmittag schreitet schnell voran, doch Henry atmet erleichtert auf. Vor sich kann er endlich eine Veränderung der Landschaft erkennen. Felsen erheben sich über den Horizont, auf den Henry sich weiter zubewegt. Während er den Felsen näher kommt, bemerkt er, dass diese viel größer sind, als es zunächst den Anschein hatte. Vielmehr erhebt sich vor ihm ein kleineres Gebirge, in dem aber auch der Weg sich zu ändern scheint. Henry kann noch den gelben Schimmer im grauen Stein erkennen, aber der ist viel schwächer als zuvor. Beim Anblick des herausfordernden Abschnittes seines Weges, atmet Henry tief ein, aber würde er sich sehr konzentrieren müssen, dieses Gebirge zu überqueren. Dann beginnt er die Felsen zu erklimmen. Obwohl er den Weg zum großteil gehen kann, muss er sich auch oft an Felsvorsprüngen hochziehen.

Henry erinnert sich daran, wie gerne er als Kind auf Bäume geklettert ist. Nicht einmal Hausdächer waren vor ihm sicher. Er mochte es, auf hohe Orte zu klettern und sich von dort umzusehen. In der Höhe war er alleine und konnte seinen Gedanken nachgehen. Doch seine jetzige Situation hat nichts mehr mit diesem Spaß zu tun. Diese Kletterpartie beginnt an seinen Kräften zu zehren.

An den scharfen Kanten reißt Henry sich mehr als einmal Wunden in die Hände und Beine. Seine Kleidung leidet ebenso sehr. Je weiter er geht, je höher er klettert, desto weiter entfernt erscheint ihm das Ziel. Die Sonne ist schon beinahe hinter dem Horizont verschwunden. Henry fällt es in dem schwächelnden Licht immer schwerer, den nächsten Schritt zu bestimmen, den nächsten möglichen Griff zu sehen.

In dem Moment, als die Sonne komplett verschwunden ist, greift Henry nach einem Felsvorsprung um sich daran hoch zu ziehen. Er hängt sein Gewicht an den Stein und spannt die Muskeln. Sein Körper hebt sich. Die Muskeln in seinen Armen und seinem Rücken brennen. Er spürt, dass seine Kraft bald aufgebraucht ist. Ob er das Ende dieses Hindernisses erreicht, bevor seine Ausdauer nachlässt?

Der nächste Vorsprung, der nächste Griff. Henrys Finger verkrampfen sich beinahe. Bloß nicht abrutschen. Bloß nicht fallen. Die Füße verlassen ihre Position. Ein Ruck durchfährt Henry. Werden seine Finger jetzt nachgeben? Wird er den ganzen Weg nach unten fallen? Ein Blick nach unten. Einen Sturz würde er nicht überleben. Was hat er hier zu suchen? Wieso hat er keinen anderen Weg gesucht? Weshalb macht er sich so viel sorgen um dieses Mädchen, das er irgendwo in einem Wald gefunden hat, dass er sich jetzt selbst in solche Gefahr begibt? Und wieso verdammt nochmal führt der gelbe Weg eine Bergwand rauf?

Dann spürt er es. Die Finger geben nicht nach. Es ist der Felsvorsprung. Er bricht. Der einzige Halt, den Henry hat, bricht weg. Das war es. Henry fällt. Er greift nach einem anderen Vorsprung. Doch er kann seinen fallenden Körper nicht halten. Die scharfe Felskante schneidet ihm in die Hand. Er rutscht ab. Das war die letzte Chance. Keine weitere Möglichkeit. Henry wird sterben.

Schwarz. Stille. Keine Hitze, keine Kälte. Das große Nichts. Ist das Henry? Denkt er noch? Ist er tot? Oder am Leben? Er spürt nichts. Sieht nichts. Hört nichts. Er versucht zu schreien. Nichts. Atmet er?

»Weiter.«

Das Wort klingt in seinem Kopf. Henry ist tot. Oder am Leben. So oder so. Henry ist noch. Er kann denken. Er hat Erinnerungen. Die Felsen. Der Weg. Der Wald. Dorothy. Mister Gray. Seine Kindheit. Das Klettern. Die Geschichte über das Mädchen, das in seinen Gedanken wie Dorothy aussieht. Seine Schwester. Schwärze. Blackouts. Henrys Erinnerungslücken. Henry weiß nicht weshalb, aber er ist sich sicher, dass diese Dinge alle mit seinen Erinnerungen und den Blackouts zusammenhängen. Aber das ist alles unwichtig. Henry ist gefallen. Er ist tot.

»Mach weiter!«

Die Worte sind in seinem Kopf. Aber es sind nicht seine Gedanken. Sie kommen nicht von ihm. Er will aufgeben. Sich dem Nichts hingeben. Vergessen. Und vergessen werden.

»Das ist nicht alles.«

Gedanken formen sich klarer. Ordnen sich. Henry ist nicht im Nichts. Er darf nicht tot sein. Er muss seine Schwester retten. Nein, er muss Dorothy retten. Ist sie seine Schwester? Oder jemand anders?

21

Nein, sie ist es nicht. Oder doch? Egal! Sie ist in Gefahr. Sie ist wichtig. Das ist jetzt alles was zählt. Er hat einen Körper, kann ihn fühlen. Kann er sprechen?

»Lass mich zurückkehren. Lass mich sie retten.«

Henry weiß nicht, ob er das gesagt oder nur gedacht hat.

»Sicher?«

»Ja!«

Er fühlt Kälte. Kälte, die sich wandelt. Er kann seine Hand spüren. Sie wird wärmer. Henry spürt sie zucken. Die Hand ist brennend heiß. Er reißt seine Augen auf.

»Aua!«

Henry zieht seine Hand vor seine Brust.

»Na? Aufgewacht? Pass auf, dass du nicht wieder fällst«

Völlig verwirrt sieht Henry sich um. Neben ihm brennt ein Feuer. Offensichtlich lag seine Hand darin. Es ist finsterste Nacht. Im Augenwinkel erkennt Henry einen Abgrund. Er scheint am oberen Ende der Klippen zu sein, die er versucht hat zu erklimmen. Jemand steht vor ihm. Henry kennt diesen Mann.

»Du? Was machst du hier? Und was ist passiert?«

Vor Henry steht Gray. Er beugt sich über Henry und grinst ihn an. Zu seinem schwarzen Anzug trägt er jetzt einen passenden Zylinder, unter dem schwarze Strähnen beinahe bis in die Augen hängen. Aus der Nähe betrachtet wirkt sein Gesicht sehr bleich, doch es scheint das Licht der Feuers nicht zu reflektieren.

»Ich passe auf, dass du dich an unsere Abmachung hälst. Wir sind noch nicht fertig miteinander«, Grays Gesicht verzieht sich zu einer besorgten Mine, »du wolltest doch nicht sterben, um dich vor unserem Deal zu drücken, oder? Das kann ich doch nicht zulassen.«

Gray richtet sich wieder auf und dreht Henry den Rücken zu. Der setzt sich langsam auf.

»Soll das heißen, du hast mich gerettet?«

»Gerettet?«

Grays Stimme klingt, als würde er die Frage nicht verstehen. Im nächsten Moment dreht er sich wieder zu Henry und sagt aufgeregt: »Ja! Ja, natürlich! Ich habe dich gerettet! Wir sind doch schließlich ein Team, nicht? Ein dynamisches Duo!«

Henry steht langsam auf.

»Nicht der Begriff den ich verwenden würde.«

»Ach, Henry. Sei doch kein Spielverderber! Du hast es doch schon so weit gebracht. Und ich werde dir helfen, noch viel weiter zu kommen.«

»Was verdammt noch mal willst du von mir? Ich bin jetzt schon eine gefühlte Ewigkeit auf diesem bescheuerten Weg unterwegs und weiß immer noch nicht, was das ganze soll. Wenn du willst, dass ich weiter mache, wird es Zeit für ein paar Antworten.«

Gray sieht Henry überrascht an.

»Henry, das sind ja ganz neue Töne von dir«, sagt er mit weit aufgerissenen Augen, doch im nächsten

Moment lächelt er wieder breit, »das hätte ich dir beinahe nicht zugetraut. Aber da brennt ein Feuer in dir, nicht wahr? Das ist gut! Sehr gut sogar! Du wirst es brauchen.«

Gray steckt sich zwei Finger in den Mund und lässt einen lauten Pfiff ertönen.

»Was soll das denn jetzt?«, will Henry wissen.

»Das, mein Freund, wird dir helfen. Du hast eine Aufgabe zu erfüllen, nicht wahr?«

»Welche Aufgabe?«

Gray beginnt laut zu lachen. Er breitet die Arme aus.

»Du musst das Mädchen retten!«

Henry bemerkt einen Schatten hinter dem Feuer, der näher kommt. Gray packt Henry, wendet ihn zum Feuer und legt sein Kinn auf dessen Schultern.

»Diese Kreatur, die sie entführt hat. Jag sie. Sie bedeutet nichts Gutes, glaub mir. Und das hier wird dir helfen.«

Der Schatten der sich auf Henry und Gray zubewegt ist ein schwarzes Pferd. Noch während Henry weitere Fragen durch den Kopf schießen, erreicht das Tier das Feuer, tritt in die Flammen und springt. Henry will sich ducken, um nicht von dem Pferd mitgerissen zu werden, doch Gray hält ihn fest. Das Pferd macht einen Satz über die beiden Männer und kommt hinter ihnen zum stehen. Seine Augen scheinen kurz rot aufzuleuchten, als Henry es ansieht.

»Damit wirst du dieses Monster sicher einholen

können«, sagt Gray freudig.

Henry bleibt völlig ruhig. So langsam überrascht ihn nichts mehr. Und er will Gray auch gar nicht widersprechen, schließlich will er Dorothy retten, da kommt ihm Hilfe nur recht.

»Du willst also, dass ich mit diesem Pferd hinter Dorothy und diesem Monster her reite und was dann?«

»Dann rettest du das Mädchen und tötest das Monster.«

Bei diesen Worten ist Gray ungewohnt ernst. Selbst sein sonstiges, überhebliches Lächeln ist aus seinem Gesicht gewichen. In seinem Blick liegt etwas Endgültiges. Er will, dass die Kreatur stirbt. Und Henry soll sie töten. Noch nie hat er ein anderes Wesen absichtlich verletzt, geschweige denn getötet. Natürlich, Henrys Erinnerungen sind sehr lückenhaft, aber Gewalt liegt nicht in seiner Natur. Dennoch hat die Kreatur Dorothy entführt. Henry will das kleine Mädchen retten, sie befreien. Er muss an seine Frau denken. Zum ersten Mal, seit er an diesem seltsamen Ort aufgewacht ist, denkt er an sie. Sie hatten eine Weile versucht ein Kind zu zeugen, doch bisher waren ihre Versuche vergeblich. Seit einigen Wochen ist sie nun auf einer Geschäftsreise. Henry ertappt sich, wie er daran denkt, Dorothy bei sich aufzunehmen. Mit ihr und seiner Frau eine Familie zu gründen. Schließlich hat Dorothy zu ihren leiblichen Eltern kein besonders gutes Verhältnis. Bei Henry würde es ihr sicher besser gehen. Aber zuerst muss er sie finden. Er muss sie finden und die Kreatur umbringen.

»Wie soll ich das Monster denn bitte töten? Das Ding ist riesig und mit Sicherheit sehr viel stärker als ich.«

»Oh, mach dir darum keine Sorgen. Du hast doch jetzt Zarathos«, bei diesen Worten streichelt Gray das Pferd, »Mit ihm an deiner Seite wirst du diese Kreatur schon zur Strecke bringen, vertrau mir. Zum richtigen Zeitpunkt wirst du wissen, was zu tun ist. Und jetzt los, du hast keine Zeit zu verlieren, wenn du das Mädchen noch retten willst. Sei ihr edler Ritter!«

Henry geht auf das als Zarathos benannte Tier zu. Ihm fällt auf, dass er gar keine Ahnung vom Reiten hat. Aber wenn er es schafft, das Pferd zu reiten, dann kann er Dorothy und die Kreatur vielleicht wirklich noch rechtzeitig einholen.

»Also gut, ich mache es«, sagt Henry und wendet sich wieder Gray zu. Doch der ist verschwunden. Wie vom Erdboden verschluckt. Henry seufzt. Wieder hat er mehr Fragen, nachdem Gray verschwunden ist, als dieser beantwortet hat. Er dreht sich zu dem Pferd und streichelt es.

»Na schön, Zarathos«, sagt er, als er sich in den Sattel schwingt, »dann hoffe ich mal, dass du wirklich so schnell bist.«

Während Henry sich noch fragt, ob das Tier das Reitgeschirr schon die ganze Zeit getragen hat, scheint er seine Aussage als Herausforderung zu sehen. Henry kann gerade noch die Zügel greifen, da explodiert das Tier regelrecht nach vorn. Mit unerwarteter Geschwindigkeit reiten Mensch und Pferd los. Zunächst hat Henry große Schwierigkeiten, sich im Sattel zu halten. Doch nach den ersten Momenten des Schrecks wird er sicherer. Er spürt die Bewegungen des Tieres und passt sich an. Schon kurze Zeit später hat er das Gefühl, dass Zarathos ihn tatsächlich sicher zu Dorothy führen kann. Das Pferd folgt dem gelb schimmernden Weg von alleine, ohne dass Henry lenken oder etwas sagen muss. Als hätte er nur darauf gewartet, dass Henry problemlos auf seinem Rücken sitzen bleiben kann, wird er plötzlich schneller. Sehr viel schneller als Henry es jemals für möglich gehalten hätte. Der Gegenwind schlägt Henry so heftig ins Gesicht, dass er den Kopf senken muss, um seine Augen zu schützen. Es mag an der Geschwindigkeit und dem damit verschwommenen Bild von dem schimmernden Weg und den schnell rennenden Beinen Zarathos liegen, aber als Henry nach unten sieht, hat er den Eindruck, als würden die Hufe des Tieres glühen! Wie schnell sind sie jetzt wohl? Was ist das für ein Pferd, das solche Geschwindigkeiten erreichen kann? Henrys Hände verkrampfen sich beinahe während er die Zügel immer fester hält. Er hat bereits jegliches Gefühl dafür verloren, ob sie noch schneller werden, oder sie ihre Geschwindigkeit beibehalten. Doch jetzt ist Henry sicher, dass die Hufe glühen. Immer heller und deutlicher leuchten sie. Bis das unfassbare passiert: Zarathos Beine beginnen zu brennen. Kleine Flammen greifen um seine Knöchel. Sie werden größer und wandern nach oben. Henry sieht hilflos zu, wie die Flammen das Fleisch des Pferdes verbrennen. Er rechnet damit, gleich zu stürzen. Die Beine werden jeden Moment nachgeben und Henry wird abgeworfen. Doch Zarathos rennt unbeirrt weiter. Die Flammen erreichen inzwischen den Körper und den Hals des Tieres. Fleisch verbrennt. Sein Skellet wird freigebrannt. Der Geruch steigt Henry in die Nase. Verbranntes Fleisch und Rauch. Und Zarathos zeigt kein Zeichen von Ablenkung. Kein Zeichen von Schmerz oder Ähnlichem. Die Flammen erreichen Henry. Er sitzt nur noch auf sich bewegenden Knochen. Brennenden, sich bewegenden Knochen. Jetzt brenen seine eigenen Beine. Doch seltsamerweise spürt er die Hitze nicht. Er sieht zu, wie ihm das Fleisch von den Knochen gebrannt wird, wie zuvor Zarathos. Er kann spüren, wie es verschwindet, doch er spürt keinen Schmerz. Keine Hitze. Seine Augen glühen und verbrennen. Er spürt den Wind nicht mehr und hebt den Kopf. Das Feuer scheint nicht nur sein Fleisch zu verbrennen, sondern auch seine Zweifel. Henry hat keine Angst. Nur Entschlossenheit. Er weiß was zu tun ist. Weiß was er will. Er wird Dorothy retten. Ob sie seine Schwester ist, oder nicht. Und er wird das Monster töten.

Die Hufe berühren kaum noch den Boden. Wie

ein brennender Geist scheint Henry mit Zarathos über den gelb schimmernden Weg zu fliegen. Obwohl seine Augen verbrannt sind, kann Henry noch immer sehen. Normalerweise würde er so etwas nie für möglich halten. Das alles erinnert viel zu sehr an Magie oder Zauberei und an so etwas hat er noch nie geglaubt. Doch nach allem, was er in letzter Zeit erlebt hat, hält er nichts mehr für unmöglich. Und dieses Gefühl, das sich in ihm breit gemacht hat, gibt ihm ein nie gekanntes Selbstvertrauen.

So reitet Henry durch die Nacht. Wieder verliert er jegliches Zeitgefühl. Doch dieses Mal ist es anders. Er genießt den Ritt. Von ihm aus könnte die Reise so noch Tage, sogar Wochen dauern. Doch er darf das Ziel nicht aus den Augen verlieren. Das Monster. Mordlust steigt ihn ihm auf. Mehr als alles andere will er das Monster tot vor seinen Füßen sehen. Er ist wütend, dass diese Bestie seine Dorothy entführt hat. Es hat sie ihm weggenommen.

Plötzlich kommt ihm eine Erinnerung ins Gedächtnis. Er erinnert sich an seine frühe Jugend. An ein paar größere Jungs, die ihn triezten. An Spielzeug, das sie ihm wegnahmen. Henry erinnert sich an den Hass, den er auf sie hatte. Und an die Angst vor ihnen. Er hatte Angst und versteckte sich wann immer es möglich war vor den Jungs und er hasste sie, weil sie auf ihm rumhackten.

Zarathos wird langsamer. Henry reißt sich von den Erinnerungen los und konzentriert sich auf das, was vor ihm liegt. Lichter in der Nacht. Eine Stadt. Die Flammen, die um Henry und Zarathos lodern, werden kleiner. Kurz bevor sie die Stadt erreichen, erlöschen die Flammen komplett. In diesem Moment wächst ihnen das Fleisch wieder nach. Henry spürt es und es tut weh. Je mehr sein Körper wieder hergestellt wird, desto schmerzhafter wird es. Henry kann sich nicht auf Zarathos halten und stürzt. Er krümmt sich vor Schmerzen auf dem Boden, bis sein Körper wieder wie vorher aussieht. Selbst seine Kleidung sieht aus wie vor der Verwandlung. Mit den Flammen verlöschte auch diese Mordlust, die er eben noch in sich trug. Dafür sind die Fragen, Zweifel und Ängste wieder zurück gekehrt. Henry schiebt sie beiseite und steigt wieder auf Zarathos auf, der ihn in die Stadt trägt.

Henry ist sich nicht sicher, ob er Dorothy hier finden wird, aber zumindest hat er gute Chancen auf andere Menschen zu treffen und herauszufinden, wo er überhaupt ist. Der gelb schimmernde Weg, den Zarathos nicht verlassen hat, wird hier zu einer richtigen Straße, die durch die Häuser führt. An einer Kreuzung hält Henry inne. Irgendwie kommt sie ihm bekannt vor. Die kleinen Häuser um ihn herum an einem Stadtrand, die Gärten davor, alles an diesem Ort ruft etwas in ihm hervor. Eine Erinnerung versucht ihren Weg in sein Bewusstsein zu bahnen. Doch dies verursacht nur leichte Kopfschmerzen bei ihm. Henry schüttelt den Gedanken ab und reitet, dem gelben Weg folgend, nach links. Ihm fällt auf, dass auf den Straßen keine Menschenseele, oder etwas Menschenähnliches, unterwegs ist. Aber es ist auch noch Nacht, bis zum Tagesanbruch werden sicher noch einige Stunden vergehen. Wahrscheinlich werden die Bewohner noch schlafen. Aber Henry hatte doch von weitem Lichter gesehen! Irgendwer muss also noch wach sein.

Während er hin und her überlegt, findet er tatsächlich ein Fenster, aus dem Licht strahlt. Am zugehörigen Haus hängt ein Schild, welches das Gebäude als Pub ausweist. Henry steigt von Zarathos ab und betritt die Bar.

Innen sieht Henry tatsächlich Menschen. Um genau zu sein, steht ein Mann hinter der Bar und einer sitzt vor ihm am Tresen. Der ganze Raum ist voller dunklem Holz, von den Tischen und Stühlen, über die Bar und den Boden, bis zu den Stützpfeilern und der Decke. Lediglich die Wände sind Dunkelrot gestrichen. Henry durchquert den Raum und geht direkt auf den Tresen zu, von dem aus der Barmann ihn kritisch beäugt, während er mit einem Tuch über den Tresen wischt.

»Guten Abend«, sagt Henry und versucht freundlich zu klingen, als er sich auf einen der Barhocker setzt. Er wirft einen Seitenblick zu dem anderen Gast, der neben ihm sitzt und stur auf das Bier vor sich starrt. Sein graues Haar hängt ihm in langen Strähnen ins alte, faltige Gesicht.

»Hallo. Sie sind nicht von hier, oder?«, fragt der

Barmann mit rauer Stimme und runzelt die Stirn.

»Nein, ich bin nur auf der Durchreise. Und ehrlich gesagt, bin ich nicht ganz sicher, ob ich in der richtigen Stadt gelandet bin«, sagt Henry, »Könnten Sie mir sagen, wo ich hier bin?«

»Sie haben sich verlaufen, hm? Tja, ich sag mal willkommen in …«

In diesem Moment wird er unterbrochen, als die Tür lautstark aufgestoßen wird. Ein großer Mann mit breiten Schultern und vollem, schwarzen Bart steht im Türrahmen und ruft dem Barmann zu: »Hey Ed, hast du schon von dem Geist gehört?«

Als Henry den Namen Ed hört, runzelt er die Stirn. Den Namen hat er schon einmal gehört. Aber er kommt nicht darauf, wo oder in welchem Zusammenhang. Der neue Gast kommt mit schwerem Schritt zum Tresen und setzt sich links neben Henry.

»Draußen vor der Stadt soll ein leuchtender Geist auf 'nem Pferd rumgeritten sein«, fährt er fort.

»Ist mir neu«, antwortet Ed, stellt ein Bier vor den neuen Gast und wendet sich Henry zu, »Aber vielleicht wissen Sie ja was. Sind ja selbst erst angekommen, nicht?«

Der bärtige Gast sieht Henry an, als hätte er bisher noch gar nicht gemerkt, dass er mit Ed nicht alleine ist. Henry ist nicht sicher, was er sagen soll.

»So? Neu hier, ja? Da hast du doch sicher was mitbekommen, oder?«, will der Bartträger wissen und setzt sein Bier an.

Henrys Gedanken rasen. Da er nicht weiß, wo er ist und er diese Leute nicht kennt, hält er es für klüger, nicht zu erzählen, dass er der Geist ist, nach dem sie fragen. Er will nicht, dass sie ihn für verrückt halten, oder gar für gefährlich. Wenn er jetzt in Schwierigkeiten mit den Bewohnern gerät, könnte ihn das davon abhalten, Dorothy rechtzeitig zu finden.

»Ich hab da was gesehen, ja«, versucht Henry zu täuschen, »gerade als ich in die Stadt gekommen bin, war dieses Ding hinter mir. Sah aus, wie ein brennendes Skelett. Ihr könnt euch vorstellen, dass ich nicht besonders scharf darauf war, ihm persönlich zu begegnen.«

Seine Zuhörer sehen Henry gespannt an.

»Und saß der Geist echt auf 'nem Pferd?«, wollte der Barmann wissen.

»Ähm, ja. Sah so aus.«

»So eins wie das, das da draußen steht?«, fragt der Bärtige und beugt sich näher in Henrys Richtung. Der beginnt zu schwitzen.

»Naja, nicht ganz. Das Pferd hat ja auch gebrannt. Mein Zarathos da draußen brennt nicht.«

Henry hofft, dass die beiden ihm glauben. Da meldet sich der andere Gast, der bisher still vor seinem Bier saß.

»Wahrscheinlich brennt er nicht mehr, weil sein Reiter auch nicht mehr brennt.«

Henry dreht sich zu ihm um. Der Mann hebt den Kopf und sieht Henry mit festem Blick in die Augen.

Gerade wollte er noch fragen, wie die Aussage gemeint war, aber der Blick, der ihm entgegenschlägt, verschlägt ihm die Sprache. Henry schluckt.

»Ich … ähm. Wovon reden Sie?«

Henry versucht gegen den hypnotischen Blick anzukämpfen. Er spürt, wie seine Hände warm werden. Dann legt sich eine Hand auf seine Schulter. Der bärtige Gast versucht Henry zu beruhigen: »Keine Sorge. Der redet oft Unsinn. Oder bist du etwa der Geisterreiter?«

Noch bevor Henry antworten kann, fängt der Bärtige an zu lachen. Der Barmann Ed steigt in das Gelächter ein. Der Alte trinkt sein Bier in einem Zug aus und verlässt wortlos die Bar.

»Mach dir um den keine Gedanken. Wer bist du eigentlich?«

»Ich heiße Henry.«

»Hallo Henry. Kannst mich Siggi nennen«, sagt der Bärtige und hält Henry die Hand hin.

Siggi wirkt nun sehr viel freundlicher, als Henry ihm zunächst zugetraut hätte. Er gibt Siggi die Hand.

»Was führt dich hierher in unser schönes Städtchen? So mitten in der Nacht?«

»Ich bin nur auf der Durchreise und auf der Suche nach jemandem«, sagt Henry.

»Und der Geisterreiter? Kennst du ihn? Verfolgt er dich?«, hakt Siggi neugierig nach und setzt sein Bier an, ohne seinen Blick von Henry zu lösen.

»Also … nein. Ich kenne ihn nicht wirklich. Ich

34

hab ihn nur kurz gesehen, bevor ich die Stadt betreten habe. Wie heißt der Ort eigentlich, wenn ich fragen darf?«

Henry versucht das Gespräch in eine andere Richtung zu lenken. Beinahe hat er schon vergessen, dass ihm die Stadt so bekannt vorkam, als er draußen über die Straße geritten ist. Siggi stellt sein Bier ab und will ihm antworten, als die Türe ein weiteres Mal geöffnet wird. Der alte Mann von eben betritt die Bar erneut. Mit zitterndem Zeigefinger deutet er auf Henry.

»Du täuschst mich nicht! Ich weiß, dass du der Teufel bist, der uns heimsuchen will!«

Siggi fängt an zu lachen.

»Geh nach Hause und schlaf dich aus, alter Mann«, sagt er, »du redest schon wieder Irrsinn.«

»Nein, er hat recht!«

Hinter dem Alten kommt ein weiterer, Mann zum Vorschein. Er sieht aus, wie eine jüngere Version von diesem. Und er kommt Henry seltsam vertraut vor.

»Ich habe es gesehen. Habe gesehen, wie er angeritten kam, ein brennendes Skelett auf einem brennenden Pferd. Und bevor er die Stadt betreten hat, hat er sich zurückverwandelt. Er ist der Geisterreiter! Mein Vater ist nicht verrückt. Er sagt die Wahrheit.«

Siggis Lachen verstummt. Alle Blicke sind auf Henry gerichtet.

»Ist das wahr?«, fragt Siggi.

»Ich … nein … das ist ein Irrtum«, stottert Henry. Er sucht einen Ausweg. Doch der Sohn des Alten hat bereits eine Pistole gezogen. Er zielt direkt auf Henry.

»Du bist der Teufel. Der Geisterreiter. Und jemand wie du bedeutet nie etwas Gutes. Zeig es. Los. Zeig es und verlass diese Stadt.«

»Es tut mir leid, aber Sie müssen sich irren. Ich bin nicht der, für den Sie mich halten. Und ich bin schon gar nicht der Teufel.«

»Lügner!«, schreit der Bewaffnete, »Zeig es uns!«

Henry wendet sich an Siggi. »Kannst du ihn zur Vernunft bringen? Ich bin es nicht gewohnt, dass auf mich gezielt wird. Das macht mich irgendwie nervös.«

Siggi sieht zwischen Henry und dem bewaffneten jungen Mann hin und her. »Sein alter Herr mag verrückt sein, aber der junge Carl hier, das ist einer der klügsten Köpfe in der Stadt. Wenn er so sicher ist, dass er dich als Geist gesehen hat, dann ist da vielleicht was dran.«

»Also gut«, sagt Henry und hebt die Hände, »Ich merke, dass ich nicht willkommen bin. Wenn ich darf, werde ich einfach weiter gehen und ihr seht mich nie wieder.«

Henry geht langsam auf die Tür zu, die Hände über dem Kopf. Doch als er die Tür erreicht, geht Carl nicht aus dem Weg.

»Ich will es sehen. Beweis es uns. Sonst lass ich

dich hier nicht raus.«

»Selbst wenn ich dieser Geisterreiter sein soll«, versucht sich Henry herauszureden, »Wie können Sie sicher sein, dass ich diese … Verwandlung überhaupt kontrollieren kann? Was, wenn ich gleich wirklich anfange zu brennen und dann alles abfackel? Wäre es nicht sicherer mich einfach gehen zu lassen?«

»Jetzt mach schon«, sagt Carl ruhig aber bestimmt.

Henry versteht nicht, weshalb es ihm so wichtig ist, zu beweisen, dass er recht hat. Aber wenn das die einzige Möglichkeit ist hier herauszukommen, dann sollte er sich vielleicht nicht wehren. Er versucht sich zu konzentrieren. Er erinnert sich an das Gefühl, das er hatte, als er sich zum ersten Mal verwandelt hat. Doch so sehr er sich konzentriert, er verändert sich nicht. Nichts passiert.

»Na wird's bald?«

Carl wird langsam ungeduldig.

»Ich versuche es ja«, sagt Henry, »Aber ich habe schon gesagt, dass ich das nicht kann.«

»Schwachsinn!«, schreit Carl und holt mit der Pistole aus. Er will Henry damit schlagen. In diesem Moment blickt Henry über Carls Schulter und sieht Zarathos auf der Straße stehen. Das Pferd sieht Henry in die Augen und als sich ihre Blicke treffen, leuchten seine Augen. Auch in seinen eigenen Augen spürt Henry die Hitze. Die Pistole erwischt ihn an der Schläfe. Die Wucht lässt ihn auf ein Knie sinken.

Die Hitze breitet sich über den Kopf und im ganzen Körper aus bis in die Hände und Füße. Dann explodiert es aus ihm heraus. Das Feuer erfasst Henry und verbrennt sein Fleisch. Als bennendes Skelett erhebt er sich und packt Carl am Kragen. Er schleudert ihn gegen den Tresen, an dem Siggi und Ed stehen und ungläubig dreinblicken. Carls Vater sieht ebenso verwirrt aus. Er braucht einen Moment, um zu verstehen, was passiert ist, dann dreht er sich um und rennt davon. Carl steht auf.

»Ich wusste es! Da habt ihr den Beweis! Er ist der Teufel! Und er ist gefährlich! Wir müssen ihn erledigen, bevor er uns erledigt!«

Henry überkommt das Bedürfnis Carl für sein Verhalten zu bestrafen. Er will ihn zerfetzen. Aber er kämpft dagegen an. Carl ist nicht sein Ziel. Er darf Dorothy nicht vergessen. Mit der Kraft, die er hat, könnte er wirklich gegen dieses Monster ankommen, das sie in seiner Gewalt hat. Und gegen die Männer hier zu kämpfen kostet nur unnötig Zeit, von der er ohnehin schon viel zu viel verschwendet hat. Er dreht sich um und als er nach draußen sieht, bemerkt er, dass die Sonne bereits wieder aufgeht. Henry will die Bar verlassen. Doch sobald er den ersten Schritt ins Freie gemacht hat, erlöschen die Flammen und er verwandelt sich zurück. Zarathos läuft weg, ohne weiter auf ihn zu warten. Dann hört Henry einen Schuss. Carl hat die Pistole abgefeuert, aber scheinbar verfehlt. Sofort rennt Henry los. Carl wird ihn sicher verfolgen, also braucht er ein Versteck.

Ohne Kräfte und ohne Reittier wird er es nicht mit dem Bewaffneten aufnehmen können.

Henry flieht durch einige Gärten, an Häusern vorbei, die immer größer werden, je weiter er in die Stadt hinein rennt. Irgendwann biegt er in eine schmale Gasse ein und versteckt sich hinter einem Holzzaun. Einen Moment lang versucht er seinen Atem zu beruhigen und sieht kurz darauf, wie Carl vor der Gasse stehen bleibt. Siggi steht hinter ihm. Offensichtlich hat er sich Carl angeschlossen. Kurz sehen sie in die Gasse hinein, dann laufen sie weiter. Erleichtert lehnt sich Henry an den Zaun.

»Hey, was machst du hier? Das ist mein Versteck!«

Henry hört eine Stimme, als würde jemand direkt neben ihm stehen. Doch als er den Kopf dreht, um denjenigen anzusehen, ist da nichts. Er sieht sich um und ist sicher, er ist allein.

»Na los, verzieh dich.«

Hört Henry jetzt schon Stimmen? Wird er verrückt?

»Hallo? Ist da jemand?«, fragt er vorsichtig.

»Ja, natürlich ist hier jemand! Bist du taub oder was?«

»Ich werd verrückt. Erst jagen die mich, weil ich ein Geisterreiter oder Teufel sein soll und jetzt höre ich Stimmen von irgendwelchen Hirngespinsten«, sagt Henry zu sich selbst.

»Ob du verrückt bist, weiß ich nicht, aber ich bin definitiv kein Hirngespinst. Aber sagtest du gerade, du bist der Geisterreiter? Dann warst du das vorher? Wieso haust du dann vor diesen Typen ab? Warum jagst du denen nicht einfach so richtig Angst ein? Wenn das jemand verdient hat, dann die.«

»Wer spricht denn da überhaupt? Wer bist du?«

»Nun, wenn du vor Carl und Siggi davonläufst und der Geisterreiter bist, dann möchte ich mich gerne Vorstellen. Ich bin Griffin. Ach ja, und ich bin unsichtbar.«

Henry schluckt und schließt die Augen. Auch das noch.

Kapitel 4 – Der Unsichtbare

Nach allem was passiert ist, sollte es Henry nicht weiter überraschen, dass ein Unsichtbarer neben ihm steht. Dennoch bleibt er starr stehen, bis er begreift, in welcher Situation er sich befindet. Der Unsichtbare hat sich ihm gerade anvertraut, weil Henry selbst kein normaler Mensch ist. Es scheint also außer Gray, dem Monster, das Dorothy entführt hat und ihm selbst noch mehr Leute zu geben, die die Grenzen von dem sprengen, was Henry für möglich gehalten hat. Mit diesen paranormalen und übersinnlichen Dingen hat er bisher noch überhaupt nichts zu tun gehabt. Von Monstern, Geistern und allem ähnlichen hat er bisher nur in Büchern gelesen. Niemals hätte er gedacht, dass irgendwo so etwas tatsächlich existiert. Und trotzdem steht er jetzt hinter einem Zaun und spricht mit einem Unsichtbaren.

»Du redest also mit mir, weil Carl und Siggi mich verfolgen? Was hast du denn gegen die beiden?«

»Naja«, sagt Griffin, »die beiden sind schon hinter mir her, seit ich denken kann. Wann immer die können, machen die mich fertig. Sie haben einfach Spaß daran, wenn sie sich über andere stellen und sie niedermachen können. Und jeder, der anders ist als die, kann zu ihrer Zielscheibe werden.«

»Jeder, der anders ist? Bist du denn schon immer unsichtbar gewesen?«

»Nein. Ich war nur kleiner als sie. Das hat denen

schon gereicht. Unsichtbar bin ich erst später geworden.«

Während er Griffin zuhört, fällt Henry ein, dass er früher auch gerne unsichtbar gewesen wäre. Eine Erinnerung, die er schon ganz verdrängt hatte, kommt ihm in den Sinn. Auch Henry hat sich als Kind vor ein paar Fieslingen gefürchtet. Auch ihm haben sie aufgelauert und ihn des öfteren verprügelt.

»Und ich war erst sehr froh deswegen«, fährt Griffin fort, »unsichtbar sein hat einige Vorteile, immerhin konnte ich mich verstecken. Aber leider kann ich nicht mehr sichtbar werden und ich weiß nicht wieso. So langsam macht es mich fertig. Niemand redet mit mir, niemand glaubt mir. Alle haben nur noch Angst und halten mich für einen Geist oder glauben, sie bilden sich ein, mich zu hören. Meine Eltern, meine Freunde, alle halten mich für vermisst. Also bin ich gegangen und habe mich versteckt.«

»Aber wie bist du denn überhaupt unsichtbar geworden?«

»Naja, so genau weiß ich das nicht. Ich kann mich noch daran erinnern, dass Carl und Siggi mich mal wieder verfolgt haben. Deshalb habe ich versucht, ein Versteck zu finden. Dann war da diese alte Holztür. Ich ging rein und stand in einem total dunklen Raum. Hinter mir fiel die Tür wieder zu und ich wartete, bis Carl und Siggi an mir vorbeigelaufen waren. Nachdem ich sicher war, dass sie mich nicht finden würden, suchte ich einen Lichtschalter. Aber ich fand keinen und während ich mich langsam vorantastete, lief ich gegen einen Tisch und etwas fiel runter. Vor Schreck bin ich über etwas am Boden gestolpert und in ein Regal gefallen. Dabei zersprangen einige Flaschen und Gläser, schnitten sich in meine Haut und die Flüssigkeiten flossen in die Wunden. Ich glaube ich wurde ohnmächtig. Als ich zu mir kam, bluteten die Wunden nicht mehr und ich fand die Tür, durch die ich gekommen war. Draußen war es bereits Nacht. Ich war total müde und wollte nur nach Hause und in mein Bett fallen. Da ich mitten in der Nacht heimgekommen bin, schliefen meine Eltern natürlich schon, weshalb ich noch nichts bemerkte. Aber als ich am nächsten Morgen aufwachte und frühstücken wollte … du kannst dir sicher vorstellen, dass meine Eltern nicht gerade begeistert davon waren, dass plötzlich alle möglichen Dinge durch die Luft flogen. Kurz danach verließ ich sie, weil sie sich einfach nicht daran gewöhnen konnten. Seitdem schlafe ich in verlassenen Häusern, versuche zu überleben und herauszufinden, was genau mit mir passiert ist und wie ich diesen Schlamassel wieder rückgängig machen kann.«

Henry hört gebannt zu und versucht die Fragen zu ordnen, die sich in seinem Kopf überschlagen.

»Wenn du deine Eltern verlassen hast, dann musst du ja noch fast ein Kind gewesen sein, als das passiert ist.«

»Ich war zwölf, ja.«

»Das tut mir leid.«

»Danke. Ich hoffe nur, ich finde irgendwann heraus, was genau passiert ist.«

»Hast du nie herausgefunden wem dieses Zimmer gehört, in dem dir der Unfall passiert ist?«

»Nein. Ich habe gehofft es wäre ein Professor an der Universität. Deshalb habe ich mich in sämtliche Vorlesungen reingeschlichen und versucht so viel wie möglich über Biologie und Chemie zu erfahren. Bisher waren aber alle Bemühungen vergeblich.«

»Es muss furchtbar sein, so zu leben.«

»Naja, ich gebe zu, es hat auch so seine Vorteile. Ich kann zum Beispiel Carl und Siggi sehr leicht aus dem Weg gehen. Und ich kann Orte betreten, ohne dass irgendwer etwas davon erfährt. Als Spion könnte ich wirklich Karriere machen.«

Henry stellt sich vor, dass Griffin bei diesen Worten grinst. Doch dieses Gefühl hält nicht lange an.

»Trotzdem«, fährt er traurig fort, »es ist sehr einsam. Wer würde jemandem vertrauen, den er nie sieht. Und welche Frau könnte einen Unsichtbaren lieben?«

»Wenn ich das so höre, bereue ich, dass ich mir als zwölfjähriger gewünscht habe, unsichtbar zu sein«, sagt Henry zögerlich.

»Was? Das hast du dir wirklich gewünscht?«

»Ja. Weißt du, ich war als Kind in einer ähnlichen Situation. Ich wurde auch oft gehänselt und gejagt. Und immer wieder habe ich mir gewünscht, unsichtbar zu sein, aber nicht, um mich zu verstecken, sondern um mich zu rächen. Damals wollte ich solchen Typen echt schlimme Dinge antun.«

»Wirklich? Ich wäre nie auf die Idee gekommen, dass sich jemand so etwas wünschen könnte«, sagt Griffin mit deutlicher Neugierde in der Stimme.

»Tja, ich hätte nie geglaubt, dass es jemanden gibt, der tatsächlich unsichtbar ist. Aber damals wäre so eine Fähigkeit echt hilfreich gewesen.«

»Wieso? Was hättest du denn getan? Ich meine mit den Typen, die dich fertig gemacht haben.«

»Naja, erst dachte ich an einfache Sachen. Ihnen den Stuhl unterm Hintern wegziehen, sie im Winter mit Schneebällen bewerfen, vielleicht auch mal den Geist spielen und sie erschrecken. Aber als sie anfingen, mich zu verprügeln, wurden auch meine Fantasien immer brutaler. Ich wollte sie verletzen. Wäre ich unsichtbar, hätten sie mich niemals erwischt. Aber ich könnte ihnen alles heimzahlen, was sie mir angetan haben.«

»Ich verstehe«, sagt Griffin zögerlich. Eine kleine Pause entsteht, in der Henry und Griffin nachdenken.

»Und wie bist du mit ihnen klargekommen«, nimmt Griffin das Gespräch wieder auf, »ich meine, ohne unsichtbar zu sein?«

»Oh, ich habe versucht ihnen aus dem Weg zu gehen und mich oft an Orten wie diesem hier versteckt«, antwortet Henry und sieht sich um. Er hält inne. »Da war auch mal ein Zaun dabei, der fast genauso aussah, wie dieser hier«, sagt er und legt die Hand an das Holz. »Um genau zu sein, sah er ganz genau so aus wie dieser.«

Henry sieht an dem Zaun vorbei. Erinnerungen kommen in ihm hoch. Diese Gasse in der er steht, der Zaun, hinter dem er sich versteckt. Es ist, als wäre er als Kind genau hier gewesen. Aber in dieser Stadt war er nicht aufgewachsen. Oder doch? Nein, das ist nicht möglich. Vor der Stadt, in der er aufgewachsen ist, war keine derart große Ebene wie die, über die er hierher geritten ist. Das macht die Ähnlichkeit zu dieser Gasse noch verblüffender. Wie ist das nur möglich? Das ist ein unwahrscheinlicher Zufall, denkt Henry.

»Man, da haben wir ja wirklich viel gemeinsam. Wahrscheinlich wären wir als Kinder richtig gute Freunde geworden«, sagt Griffin plötzlich und reißt Henry aus seinen Gedanken.

»Ja, das wäre möglich«, erwidert Henry.

»Naja, wie auch immer. Ich muss jetzt los, noch etwas erledigen«, entschuldigt sich Griffin. Henry will sich noch verabschieden, doch er ist sich nicht sicher, ob Griffin überhaupt noch da ist. Er hält noch einen Moment inne, dann schließt er die Augen und seufzt tief. Dass er gerade tatsächlich mit einem Unsichtbaren gesprochen hat, kann er noch gar nicht richtig begreifen. Und dabei wäre dieses Gespräch selbst mit einem Sichtbaren noch seltsam gewesen. Henry öffnet die Augen. Er bemerkt, dass der

Morgen anbricht. Die ersten Sonnenstrahlen treffen ihn durch die Lücken zwischen den Häusern.

Mit dem Tageslicht kommt auch der Gedanke an die arme Dorothy zurück. Henry muss sie weiter suchen. Aber wie soll er ohne Zarathos nur die Verfolgung wieder aufnehmen? Er hat nicht nur das Pferd verloren, sondern auch jegliche Ahnung, in welche Richtung sich das Monster mit ihr bewegt hat. Bei genauerem Überlegen ist er auch davon überzeugt, dass es Städte doch eher meiden würde, insbesondere wenn außergewöhnliche Wesen wie Griffin oder Henry selbst quasi mit Fackeln und Mistgabeln durch die Straßen gejagt werden. Der einzige Anhaltspunkt, der Henry bleibt ist der gelbe Weg. Soll er ihm weiter folgen? Da ihm im Moment nicht viel anderes übrig bleibt, geht er vorsichtig zurück. An jeder Ecke bleibt er stehen, immer Ausschau haltend nach Carl und Siggi. Auf ein weiteres Aufeinandertreffen mit den beiden kann er verzichten.

An der letzten Ecke vor dem Pub, in dem der Ärger losging, bleibt er wieder stehen. Langsam bewegt er den Kopf an der Häuserkante vorbei. Dann runzelt er die Stirn. Direkt vor ihm müsste der Pub stehen. Doch die Straße, die sich vor ihm erstreckt hat nichts mit der Straße gemein, durch die er in der Nacht geritten ist. Die ganze Umgebung hat sich geändert. Dabei ist er doch exakt den Weg zurück gelaufen, den er zuvor geflohen ist. Wie ist das möglich? Er hat sich doch unmöglich verlaufen.

Um sicher zu gehen, läuft Henry wieder einige Ecken zurück. Dann wird es noch seltsamer. Auch in dieser Richtung hat sich die Umgebung verändert. Henry steht alleine auf einer ihm völlig fremden Straße und weiß nicht, wie er aus dieser Stadt wieder herauskommt.

»Verwirrend, nicht wahr?«, fragt eine ruhige Stimme, die Henry nur allzu bekannt vorkommt.

»Gray, was ist das hier für ein Ort? Wo hast du mich hingebracht?«

»Ich? Du hast doch Zarathos genommen und bist hierher geritten«, sagt Gray entrüstet.

»Und du hast mir den Gaul angedreht! Wieso hat das Vieh überhaupt gebrannt?«

»Das ist aber sehr beleidigend von dir. Dabei hat dich das arme Tier so weit gebracht«, entgegnet Gray gespielt verletzt.

Henry wird wütend.

»Es reicht! Wo bin ich hier? Was hast du mit mir gemacht? Sag mir endlich, was hier los ist!«

»Oder was?« Grays Gesicht verdunkelt sich. Seine Augen funkeln bedrohlich. Langsam geht er auf Henry zu. »Ist das dein Dank? Ich versuche dir hier zu helfen. Ich gebe dir einen Weg, ich gebe dir mein liebstes Pferd, das du im Übrigen einfach hast davon laufen lassen. Ich gebe dir, was du brauchst und du bist wütend auf mich? Das soll ich mir von dir bieten lassen? Willst du lieber, dass ich aufhöre, dir zu helfen? Willst du deine einzige Hoffnung zerstören und auf eigene Faust losziehen?«

Grays Ton und plötzliche Lautstärke lassen das Blut in Henrys Adern gefrieren. Plötzlich durchfährt ihn nackte Angst. Angst vor Gray. Mit einem Schlag hat er seine Kampfeslust verloren. Henry senkt den Kopf und sieht zu Boden.

»Nein«, sagt er knapp. Er ist noch immer wütend, allerdings mittlerweile mehr auf sich selbst, als auf Gray. Wieso kann er ihm nicht die Stirn bieten?

»Na bitte«, sagt Gray wieder mit einem freundlichen Lächeln und legt Henry den Arm um die Schultern, »so ist es doch schon viel besser. Findest du nicht auch?«

»Gray, ich bitte dich. Sag mir, was hier los ist.«

Gray greift in sein schwarzes Jackett und zieht ein kleines, glänzendes Etui heraus. Als er es öffnet, erkennt Henry einige Zigaretten darin. Gray nimmt eine, klemmt sie zwischen seine Lippen und bietet dann Henry ebenfalls eine an. Henry schüttelt verneinend den Kopf, woraufhin Gray die Zigaretten wegsteckt und sich seine mit einem Streichholz ansteckt. Ohne es auszuschütteln oder zu pusten, lässt er das Holz auf die Straße fallen. Sofort beginnt der Pflasterstein, auf dem das Streichholz landet, in einem dunklen Orange zu glühen. Wie angesteckt vom ersten, glühen einige der umliegenden Steine ebenfalls auf. Das Glühen setzt sich über die Steine in die Richtung fort, in der Henry das Zentrum der Stadt vermuten würde.

»Nicht noch so ein Weg«, denkt sich Henry.

»Weißt du, mein lieber Henry, du hast ziemlich

Mist gebaut. Ich würde dich ja gerne weiter schicken, um dieses Monstrum zu töten und das Mädchen zu retten. Aber du musst vorher etwas aus der Welt räumen. Der Schaden, den du angerichtet hast, könnte sonst noch viel größer werden, als du ahnst.«

Mittlerweile sieht Gray tatsächlich besorgt aus. Doch Henry weiß nicht, welchen Schaden er angerichtet haben könnte.

»Wovon redest du bitte? Was soll ich denn getan haben?«

Gray nimmt einen tiefen Zug von seiner Zigarette und erwidert: »Das wirst du schon sehen. Und jetzt geh, bevor es zu spät ist.«

Mit diesen Worten bläst Gray Henry den Zigarettendampf ins Gesicht, welcher sich so sehr verdichtet, dass Henry kaum die Hand vor Augen sehen kann. Hustend und mit brennenden Augen stolpert er aus der Dampfwolke hinaus. Als er endlich wieder Luft bekommt dreht er sich um. Gray ist wieder verschwunden. Kurz darauf hört Henry einen Schrei. Er wendet sich in die Richtung aus der dieser kam und stellt fest, dass die neue glühende Weg in die selbe Richtung verläuft. Sofort rennt er los.

Henry ist kaum um die Ecke gelaufen, schon überrennt er beinahe eine Frau, die mit einigen anderen Leuten einen Kreis bildet. Er drängt zwischen den Leuten durch um zu sehen, worauf sie sehen. Dann stockt ihm der Atem.

Zu seinen Füßen liegt ein lebloser Körper, den Kopf größtenteils bedeckt mit Erde. Einige Scherben liegen verteilt um ihn herum und neben dem Kopf liegt eine Pflanze. Henry erkennt den Liegenden sofort als Carl.

Die umstehenden Leute murmeln und flüstern, sichtlich irritiert. Henry beugt sich über Carls Körper und bemerkt eine Platzwunde am Kopf, von der aus Blut zwischen die Erde fließt. Er steht auf und wendet sich an die umstehenden Leute.

»Holt die Polizei. Dieser Mann ist tot und wurde wahrscheinlich ermordet.«

Sofort wird das Gemurmel lauter und die Menschen reden wild durcheinander. Henry sieht einige Leute loslaufen und nach der Polizei rufen, dann wendet er sich wieder der Leiche zu.

Als eine Gruppe Polizisten kurze Zeit später auftaucht, von denen sich einer als Inspektor Caine vorstellt, hat Henry bereits einige Informationen gesammelt. Der Inspektor lässt sich von Henry die Sachlage erklären.

»Er wurde mithilfe eines Blumentopfes erschlagen. Die Wunde über der Stirn legt nahe, dass er seinen Angreifer hat kommen sehen. Er muss Angst vor seinem Mörder gehabt haben, der Schmutz an der Kleidung zeigt, dass er rücklings gestolpert ist, aber es gibt keinerlei Kampfspuren.«

»Aber könnte der Blumentopf nicht auch aus einem Fenster gefallen sein, ihm auf dem Kopf gelandet und das hat dann den Sturz verursacht?«

»Das war auch mein erster Gedanke. Aber die Gebäude sind doch alle zu weit entfernt dafür. Um ihn zu treffen, müsste der Topf geworfen worden sein. Das würde bedeuten, dass der Mörder ein hohes Risiko eingehen müsste, da er das Opfer verfehlen könnte, oder dass es sich um einen Unfall handelt und jemand den Topf einfach so aus dem Fenster geworfen hätte, zum Beispiel bei einem Streit.«

»Das klingt logisch«, entgegnet der Inspektor. Er lässt seine Männer die umstehenden Leute und die Anwohner befragen, ob jemand etwas gesehen hat, oder ein Blumentopf fehlt. Anschließend wendet er sich wieder an Henry.

»Nun, Ihre Theorie klingt wirklich schlüssig und Sie scheinen eine gute Beobachtungsgabe zu haben. Ich muss dennoch auch Sie befragen, wer Sie sind und woher Sie kommen. Das verstehen Sie sicher.«

»Ja, natürlich«, antwortet Henry und denkt kurz nach. Es wäre wohl nicht besonders klug ihm alles zu erzählen, aber doch darf er sich nicht zu auffällig benehmen. »Mein Name ist Henry Bates. Ich bin selbst ein Ermittler, sozusagen ein Privatdetektiv«, sagt er, während er im Stillen dafür dankt, so viele Krimiromane gelesen zu haben. Mit dem Wissen dieser Bücher kann er diese Rolle vielleicht überzeugend spielen, bis er hier wegkommt. »Zurzeit bin ich auf der Suche nach einem vermissten Mädchen und nur auf der Durchreise. Aber ich helfe gerne wo ich kann.«

»Das ist sehr nobel von Ihnen. Und da eine Hand die andere wäscht, zögern Sie nicht, auch uns um Hilfe zu bitten.«

»Danke. Das weiß ich zu schätzen.«

»Nun, Mister Bates, ich denke, Sie können sich erst einmal ausruhen. Ich werde Sie aufsuchen, wenn sich etwas ergibt oder wir Ihre Hilfe benötigen. Haben Sie ein Zimmer während Ihres Aufenthaltes hier?«

»Nein. Ich bin erst letzte Nacht angekommen und hatte noch keine Zeit mich darum zu kümmern.«

»In diesem Fall würde ich Sie gerne im Mariner's Inn unterbringen. Keine Sorge, ich werde das Zimmer auch für Sie bezahlen, solange Sie hier sind und der Mord aufgeklärt werden muss.«

»Natürlich. Vielen Dank«, sagt Henry knapp.

Das Mariner's Inn ist ein kleines Gasthaus, das direkt an dem Platz steht, auf dem der Mord an Carl passiert ist. Das Zimmer, in dem Henry untergebracht wurde, ist klein aber gemütlich. Ein weiches Bett, ein Schreibtisch mit Stuhl und ein Fenster mit Aussicht auf den Platz lassen Henry sich gleich heimisch fühlen. Beinahe ist er verblüfft darüber, wie sehr ihn das Zimmer an seine Jugend erinnert. Ähnlich war sein eigenes Zimmer auch eingerichtet. Hier hat er auch endlich das Gefühl für einen Moment zur Ruhe kommen zu können.

Tatsächlich fällt ihm in diesem Moment auf, dass er bereits Tagelang unterwegs ist und ihn dennoch kein anzeichen von Müdigkeit überfallen hat. Er hat auch noch nicht einen Bissen gegessen und keinen Schluck getrunken. Kein Brot, kein Wasser und dennoch ist er weder hungrig noch durstig. Dafür bemerkt er nun leicht pulsierende Kopfschmerzen. Ob sie von dem Mangel an Nahrung und Schlaf kommen? Vielleicht sollte er etwas zu sich nehmen und sich kurz hinlegen.

Seit seinem ersten Treffen mit Gray hatte er auch keinen einzigen Blackout mehr. Gray. Die Vorstellung an diesen jungen Mann jagt Henry einen Schauer über den Rücken. Was ist das nur für ein Spiel, das er spielt? Hilft er Henry wirklich oder benutzt er ihn nur für seine eigenen Zwecke? Und selbst wenn er ihm tatsächlich hilft, wird er sicher seine eigenen Ziele verfolgen. Henry sollte vielleicht herausfinden, welche Ziele das sind, bevor es zu spät ist.

Außerdem muss er noch Dorothy vor diesem Monster retten, zu welchem er nicht die geringste Spur hat. Und das alles während er unverhofft in einen Mordfall hineingezogen wurde. Henrys Kopfschmerzen werden stärker. Wie ist er nur in diese ganze Geschichte hineingeraten? Was ist passiert, nachdem dieser Psychiater ihn hypnotisiert hat? Sein Kopf scheint jeden Moment zu platzen. Er lässt sich aufs Bett fallen und schließt die Augen. Die Schmerzen lassen nicht nach aber er versucht dagegen anzukämpfen und weiter nachzudenken. Doch je mehr er über Gray, das Monster oder

Dorothy denkt, desto schlimmer werden die Kopfschmerzen. Henry kneift die Augen zusammen und presst die Kiefer aufeinander, um nicht laut loszuschreien. Er windet sich im Bett, hält die Hände an die Schläfen, doch es hilft alles nichts. Die Gedanken an Gray und seine Verfolgungsjagd verblassen langsam. Dafür drängen sich die Gedanken an den Mord in den Vordergrund. Es ist, als würde irgend etwas ihn dazu zwingen, an die Geschehnisse des plötzlichen Todes von Carl zu grübeln, denn mit dem Bild der Leiche, das sich vor sein inneres Auge schiebt, beginnen auch die Kopfschmerzen zu verblassen.

Aber was an diesem Fall lässt Henry nicht los? Etwas stimmt daran nicht. Carl wirkte nicht wie jemand, der sich leicht verunsichern lässt. Immerhin hielt er Henry für den Teufel und hat ihn trotzdem verfolgt. Wer auch immer ihn getötet hat, hat ihm aber Angst eingejagt, da ist sich Henry sicher. Irgendetwas, das mindestens so angsteinflößend ist wie er selbst als brennendes Skelett. Carl ist rückwärts gelaufen. Er muss etwas oder jcmanden gesehen haben, das ihm so einen Schreck eingejagt hat, dass … moment. *Gesehen.*

Henry öffnet die Augen. In diesem Moment klopft es stürmisch an seiner Tür.

»Mister Bates! Mister Bates! Öffnen Sie die Tür!«

Henry springt vom Bett auf. Er will sofort zur Tür stürmen, doch er hält eine Sekunde inne, als sein

Blick aus dem Fenster fällt. Es ist Nacht. Dabei war es gerade noch helligster Tag, als er das Zimmer betreten hat. Er hat doch nur für ein paar Momente die Augen geschlossen, höchstens für Minuten. Aber draußen ist es bereits so dunkel, dass Stunden vergangen sein müssen. Ein erneutes Klopfen reißt ihn wieder aus seinen Gedanken. Henry öffnet die Tür.

Ein Polizist steht vor ihm.

»Mister Bates, Inspektor Caine schickt mich zu Ihnen. Es wurde ein weiterer Mord verübt und der Inspektor bittet Sie um Hilfe.«

Henry ordnet seine Gedanken und antwortet dann: »Natürlich. Ich bin bereit. Gehen wir.« Dann verlassen sie zügig das Mariner's Inn und begeben sich zum zweiten Tatort des Tages.

Beim Tatort angekommen wird Henry sofort eifrig von Inspektor Caine empfangen.

»Ein Glück, dass Sie hier sind. Ich glaube, dass dieser Mord mit dem Fall von heute Mittag zusammenhängt. Die beiden Opfer sollen gute Freunde gewesen sein.«

»Wer ist denn das Opfer?«, fragt Henry sofort und wird zur Leiche geführt.

Beim Anblick der Leiche stockt Henry der Atem, obwohl er nicht wirklich überrascht ist. Ihm zu Füßen liegt Siggi, die Kehle durchschnitten und einen Dolch in der Brust. Seine Augen sind weit aufgerissen, die Gesichtszüge verzerrt. Er liegt auf dem Rücken, eine Hand direkt unter der Wunde am Hals, die andere umklammert den Dolch.

»Er war ebenso erschrocken wie das erste Opfer. Dass die Fälle zusammenhängen liegt tatsächlich nahe. Nur die Tatwaffe hat sich scheinbar geändert. Was auch immer er gesehen hat, es hat ihn so sehr verängstigt, dass er nicht in der Lage war, sich zu wehren. Es gibt keine weiteren Kampfspuren außer den beiden Wunden, aber ihm muss klar gewesen sein, dass er gleich sterben würde.« Henry ist selbst überrascht, wie gelassen er bei dem Anblick dieser Szenerie bleibt. Alles in ihm schreit danach die Augen abzuwenden und von diesem grausamen Ort zu fliehen, aber er bleibt stehen.

»Aber weshalb hat er ihm die Kehle durchgeschnitten und zusätzlich in die Brust gestochen? Der Schnitt an der Kehle hätte doch gereicht, um das Opfer verbluten zu lassen«, fragt der Inspektor.

»Ich schätze mal, der Mord hat aus emotionalen Gründen stattgefunden. Der erste Schnitt sollte ihn nicht sofort töten, sondern vor allem daran hindern zu schreien. Dann hat er ihn erstochen und es wahrscheinlich genossen, ihm beim sterben zusehen zu können, bevor er geflohen ist.«

»Einfach schrecklich, wozu Menschen in der Lage sein können«, murmelt ein Polizist kopfschüttelnd.

Falls man ihn überhaupt noch als Mensch bezeichnen kann, denkt Henry. Er hat einen konkreten Verdacht, was den Mörder angeht. Die Frage ist nur, wie kann er den Täter stellen? Insbesondere, weil dieser weiß, dass Henry hinter ihm her ist und die Polizei ihn ebenfalls sucht.

»Das ist er. Er hat Siggi getötet!«

Die Stimme lässt Henry erstarren. Langsam dreht er sich um. Er sucht die Menge ab. Dann sieht er den Mann, der gerufen hat. Ed. Der Barmann aus dem Pub. Er zeigt direkt auf Henry.

»Dieser Kerl ist ein Monster! Und er hat Siggi und Carl umgebracht!«

Einige Polizisten gehen langsam auf Henry zu. Selbst Inspektor Caine greift nach seinen Handschellen.

»Mister Bates? Wovon redet dieser Mann?«

»Er ist der Geisterreiter! Wir haben es gesehen. Jetzt tötet er uns, damit es keine Zeugen mehr gibt.«

»Es tut mir leid, Mister Bates«, sagt Caine ruhig und streckt Henry die Handschellen entgegen, »Ich muss Sie bitten, mich aufs Revier zu begleiten.«

Henry bleibt nicht viel Zeit. Wird er verhaftet, dann stehen die Chancen gleich Null, dass der wahre Mörder gefasst wird. Mit der Geschichte über den Geisterreiter von Ed ist sein Schicksal so gut wie besiegelt. Er streckt dem Inspektor seine Hände entgegen.

»Ich bin unschuldig. Sie müssen mir jetzt vertrauen.«

Als Caine ihm die Handschellen anlegen will, greift Henry nach seinem Handgelenk. Er zieht ruckartig und schleudert den Inspektor gegen seine Polizisten. Dann rennt er los.

»Hinterher!«, schreit Caine.

Sofort nehmen einige andere Polizisten die Verfolgung auf. Henry weicht knapp einigen Fußgängern aus, um anschließend durch einige verwinkelte Gassen zu flüchten. Einer der Beamten ist ihm dabei stets auf den Fersen. Wenn er ihn abhängen kann, hat er eine Chance zu entkommen. Aber sein Verfolger wird schneller. Es dauert nicht mehr lange, bis er ihn eingeholt hat. Er muss das Risiko eingehen, und sich diesem Mann stellen.

Henry biegt um eine Ecke und bleibt stehen. Dort wartet er, bis der Polizist ihn einholt. Sobald dieser ebenfalls die Ecke passiert hat, greift Henry nach seinen Handschellen. Schnell hat er den rechten Arm in das Eisen gelegt. Der Beamte dreht sich um und versucht, mit seiner freien Hand, einen Schlag zu platzieren. Henry weicht aus, zieht die Hand, die er festhält über den ausfahrenden Arm und über die linke Schulter seines Verfolgers. Der Polizist versucht sich aus dem Griff zu winden, doch Henry, bekommt die linke Hand zu fassen und verschließt sie hinter dem Nacken seines Gegners mit der Handschelle. Mit verschränkten, hinter dem Kopf verschlossenen Händen, ist es ein leichtes für Henry ihn in einen Busch zu stoßen und zu fliehen.

Jetzt muss er ein Versteck finden, um einen Moment nachzudenken. Während er langsam und vorsichtig durch die verwinkelten Gassen schleicht, fällt ihm ein Zaun ins Auge, der ihm sehr bekannt vorkommt. Sofort versteckt er sich dahinter, lehnt sich an den Zaun und atmet tief durch.

»Hallo Henry.«

Die Stimme scheint aus dem Nichts zu kommen. Doch die Stimme ist Henry ebenso bekannt, wie wie Tatsache, dass ihr Besitzer nicht gesehen werden kann.

»Griffin. Ich hätte nicht gedacht, dich hier zu treffen«, sagt Henry mit ruhiger Stimme.

Seine Anspannung lässt ihn vergessen, dass er gerade vor der Polizei geflohen ist.

»Aber du weißt doch, dass dies mein Lieblingsversteck ist. Wieso bist du denn so überrascht?«

»Weil Carl und Siggi heute getötet wurden. Aber ich bin mir sicher, dass du das weißt. Also weswegen solltest du dich noch hier verstecken?«

»Naja, dass die beiden tot sich weiß ich, das stimmt. Ich schätze mal, dieser Ort gibt mir einfach so etwas wie Frieden. Er beruhigt mich.«

»Tja, an deiner Stelle, wäre ich wohl auch beunruhigt. Was du getan hast, ist unverzeilich.«

»Was ich getan habe? Ich? Du weißt genau, was *sie* getan haben! Du weißt, dass sie bekommen haben, was sie verdient haben!«

Griffin schreit sich in Rage.

»Egal was sie verdient haben. Du bist zum Mörder geworden«, erwidert Henry, »deine Schuld ist größer als ihre. Und damit wirst du den Rest deines Lebens auskommen müssen. Wie kurz dieses auch sein mag.«

»Was soll das sein, Henry? Willst du mir drohen? Mir?«

»Wir wissen beide, dass du Carl und Siggi getötet hast. Du hast das Motiv, du hattest die Gelegenheit. Sie waren beide wehrlos vor Angst. Für sie sah es aus, als würden die Mordwaffen durch die Luft schweben. Aber das warst du. Du hast sie getötet.«

»Ja! Ja, ich war es! Na und? Was willst du tun? Allen erzählen, es war ein Unsichtbarer? Wer würde dir denn glauben? Außerdem hast du mich doch erst auf die Idee gebracht, für Gerechtigkeit zu sorgen.«

»Ich? Ich habe dir von den Streichen erzählt, die ich meinen Peinigern gespielt hätte, wäre ich wie du. Aber ich habe niemals etwas davon gesagt, sie umzubringen!«

»Ach, mach dir doch nichts vor! Natürlich wolltest du sie töten!« Henry bemerkt, dass Griffin seine Hände auf seine Wangen legt. »Nur durch dich bin ich überhaupt auf die Idee gekommen. Weil sie dir selbst im Kopf herummgeschwirrt ist.«

»Nein!« Henry schlägt einen Aufwärtshaken und trifft Griffin direkt unter dem Kinn. Auch ohne ihn zu sehen, kann er ahnen, wo dessen Gesicht sich befand, solange Griffin sein Gesicht hält. Doch nach dem Schlag hat er losgelassen.

»Also wirklich Henry. Ich dachte tatsächlich, wir könnten Freunde sein. Aber das tat echt weh.«

Henry spürt einen Druck an der Wange, dem er

nachgibt. Dann kommt der Schmerz. Griffin muss ihm einen Schwinger versetzt haben. Er zwingt ihn in die Knie. Dann hört er die Schritte des Unsichtbaren, die sich entfernen. Mit aller Kraft steht er auf und versucht den Schritten zu folgen. Griffin darf ihm nicht entkommen. Auch wenn er noch nicht weiß, wie er den Unsichtbaren erklären soll, oder klarmachen will, dass dieser der Mörder ist, so ist er doch auch die einzige Chance, seine eigene Unschuld zu beweisen.

Gerade als Henry befürchtet, Griffins Spur zu verlieren, hört er einen dumpfen Knall. Offensichtlich ist ganz in seiner Nähe eine Tür zugefallen. Er folgt dem Geräusch und findet eine unscheinbare Holztür vor. Hier muss der Unsichtbare sich verstecken. Vorsichtig öffnet er die Tür. Sie ist nicht verschlossen. Zum verschließen war noch keine Zeit. Im Inneren ist es stockdunkel. Langsam setzt er einen Fuß vor den anderen. Bei jedem Schritt ist er darauf gefasst, angegriffen zu werden. Die Dunkelheit könnte den Vorteil, den Griffin durch seine Unsichtbarkeit hat, ausgleichen. Henry dürfte bei dem fehlenden Licht ebenfalls schwer zu erkennen sein. Er versucht seinen Atem ruhig zu halten und keine unnötigen Geräusche zu machen. Wenn er Glück hat, dann wird sich Griffin versehentlich zuerst zu erkennen geben. Mit ausgestreckten Armen bewegt er sich vorwärts, um nicht gegen ein Hindernis zu laufen. Seine Hände berühren Holz. Als er es vorsichtig abtastet, wird ihm klar, dass er ein Regal erreicht hat. Beim nächsten Schritt stößt sein Fuß gegen etwas weiches. Hinter ihm fällt etwas zu Boden. Er dreht sich um, bereit sich zu verteidigen. Zu spät wird ihm klar, dass er in eine Falle gelaufen ist.

Eine Hand legt sich auf Henrys Brust und stößt ihn gegen das Regal. Er versucht seinen Angreifer zu packen, doch greift ins Leere. Dann spürt er eine Faust, die auf seinen Kiefer prallt. Die Wucht des Schlages bringt ihn zu Fall.

»Du hättest mich einfach in Ruhe lassen sollen, Henry. Warum hast du dich nur eingemischt? Das geht dich doch alles nichts an, oder?«

Henry stemmt sich auf seine Arme und versucht aufzustehen. In diesem Moment fährt der nächste Schlag auf ihn nieder.

»Jetzt ist es zu spät für dich. Du willst mich ausliefern? Vergiss es! Weißt du, das erste Mal töten ist nicht leicht. Ich habe viel Hass dafür gebraucht. Aber beim zweiten Mal war es schon sehr viel einfacher. Ich habe es regelrecht genossen. Und bei dir wird es mir nicht mehr schwer fallen. Es wird ganz leicht.«

Henry weiß, dass Griffin ihn nicht mehr aufstehen lässt. Vom Boden aus hat er keine Chance, sich zu wehren. Wahrscheinlich wird er ihn gleich zu Tode prügeln. Er versucht unauffällig in das Regal zu greifen. Seine Hand findet ein Glasgefäß. Er zieht es zu sich, rollt sich auf den Rücken und wirf es in die Richtung, in der er Griffin vermutet.

Ein klirren, das Glas zerplatzt. Dann ein Schrei. Er hat getroffen. Griffin stolpert unkontrolliert durch den Raum. Henry steht auf. Durch die Schmerzensschreie findet er den Unsichtbaren. Er rennt auf ihn zu und wirft sich gegen ihn. Zusammen krachen sie in die Tür, durch die sie den Raum betreten haben. Die Tür gibt nach und beide fallen ins Freie. Henry legt sich auf den Rücken und atmet tief durch. Dann fällt ihm auf, dass die Schreie aufgehört haben. Er dreht den Kopf und sieht auf die Stelle, an der der Unsichtbare jetzt liegen müsste.

Doch statt einer leeren Stelle, die er erwartet, sieht er einen Körper neben sich liegen. Was auch immer in diesem Glas war, hat offensichtlich die Wirkung der Unsichtbarkeit aufgehoben. Henry steht langsam auf und betrachtet den Mörder, den die Polizei sucht. Einige Glassplitter haben sich in sein Gesicht gebort und brandblasen, wahrscheinlich vom Inhalt des Glases, sind zu sehen. Dennoch lässt sich das Gesicht erkennen und Henry stockt der Atem.

Griffin sieht ihm unfassbar ähnlich. Es ist, als könnten sie Zwillinge sein. Henry erinnert sich nicht daran, weitere Geschwister gehabt zu haben, aber dennoch würde ihm wohl beinahe jeder glauben, wenn er erzählen würde, der Mann am Boden sei sein Bruder. Das könnte seine Rettung sein.

Als hätten sie nur darauf gewartet, kommen einige Polizisten, angeführt von Inspektor Caine, angelaufen. Sicher waren sie gerade auf der Suche nach Henry und haben den Lärm gehört, den die zerbrechende Tür gemacht hat.

»Mister Bates! Da sind sie also. Wagen Sie es nicht zu fliehen!«

»Keine Sorge, Inspektor! Ich gehe nirgendwo hin. Vielmehr möchte ich Ihnen den wahren Mörder präsentieren, nach dem Sie gesucht haben.«

»So? Und wieso sollte ich Ihnen glauben? Immerhin sind Sie selbst verdächtig.«

»Natürlich bin ich verdächtig«, sagt Henry und sieht sich um. »Dieser Mann dort hat mich schließlich als Mörder bezeichnet, nicht wahr?«

Ed tritt vor. Er ist der Polizei gefolgt. Offenbar will er sichergehen, dass der Geisterreiter gefasst wird.

»Ja, das habe ich«, bestätigt er grimmig.

»Und würden Sie uns allen auch bitte erklären, weshalb Sie gerade mich als Mörder verdächtigen wollen?«

Alle Augen sind jetzt auf Ed gerichtet, der beginnt, von dem Zwischenfall in seiner Bar zu berichten. Er erzählt von dem Streit zwischen dem Geisterreiter und den Mordopfern.

»Nun, selbstverständlich reicht ein solcher Vorfall, um ein Motiv zu erkennen, da sind wir uns sicher einig. Aber Sie erzählen, dass die ganze Geschichte in der Nacht passiert ist, nicht?«

»Ja, wieso?«

»Dann ist es doch möglich, dass der Mann, dem Sie begegnet sind, dieser Geisterreiter, mir sehr ähnlich sehen könnte und Sie mich mit ihm verwechseln. Sehen Sie sich doch bitte den Mann hier am Boden an. Er sieht mir sehr ähnlich. Und ich selbst war Zeuge seiner außerordentlichen Fähigkeiten. Dass ich ihn überwältigen konnte, war reines Glück. Im Übrigen bin ich sehr geneigt Ihnen zu glauben, dass der Mörder derartige Fähigkeiten wie dieser Mann besitzt, bedenkt man einmal, dass beide Mordopfer offensichtlich sehr verängstigt waren, als sie getötet wurden.«

Sowohl Ed als auch der Inspektor treten näher und betrachten Griffins Leiche. Ihr Blick wechselt dabei immer wieder zwischen dem Toten und dem vermeintlichen Ermittler hin und her. Nach einiger Zeit scheinen beide Männer geneigt den Ausführungen von Henry zu glauben. Er berichtet von seiner Flucht, um den wahren Täter zu fassen und dem spektakulären Kampf, den sie sich geliefert haben. Tatsächlich lassen sie sich von seiner Geschichte überzeugen und bald darauf erklärt der Inspektor den Fall für abgeschlossen. Auch Ed zieht sich zurück und lässt Henry zufrieden.

Während sich die Menge, die sich während des Gesprächs gebildet hat, auflöst, sieht Henry eine Gestalt, die seine Aufmerksamkeit auf sich zieht. Seltsamerweise scheint sich aber niemand sonst dafür zu interessieren. Die Gestalt ist größer und breiter als die Menschen um sie herum, sie wirkt beinahe Monströs. Henry versucht sich durch die Menge hindurch der Gestalt zu nähern, doch es scheint beinahe so, als würden die Menschen ihm den Weg versperren. Je näher er der Gestalt kommt, desto enger stehen die Leute beisammen. Aber niemand scheint diese Person zu bemerken, die sie alle überragt. Immer energischer bahnt sich Henry seinen Weg durch die Leute und als er endlich aus der Menge hinaustritt, ist dieser Riese verschwunden. Nirgends ist er zu sehen, bis Henry ihn endlich zu erkennen glaubt, als er gerade um eine Ecke geht. Sofort nimmt Henry die Verfolgung auf. Diese Gestalt erinnert ihn an das Monster, das Dorothy entführt hat. Ist es möglich, dass es hier ist? Hat es sich in dieser Stadt versteckt? Dann ist das Mädchen sicher auch nicht weit. Vielleicht ist er noch nicht zu spät. Er muss dieses Monster einfach stellen.

Jedes Mal, wenn er um eine Ecke biegt, um der monströsen Gestalt zu folgen, stets darauf bedacht, selbst nicht bemerkt zu werden, sieht er sie um die nächste Ecke verschwinden. So winden sie sich durch die verwinkelten Gassen, bis Henry selbst jegliche Orientierung verloren hat. Doch darum kümmert er sich nicht. Er darf nur die Kreatur nicht aus den Augen verlieren. Wieder um eine Ecke. Diesmal nach links. Dann wieder rechts. Dann geht er um eine Ecke und erschrickt. Vor ihm steht ein Mann in einem schwarzen Anzug, mit schwarzem Zylinder unter dem schwarze Strähnen hervorblitzen.

»Henry! Ich gratuliere«, ruft Gray mit einem

breiten Grinsen, »du hast es geschafft, einen Mörder zu fassen. Sehr schön.«

»Verdammt! Wo kommst du denn her? Ich war gerade dabei...«

»Gerade dabei dir noch mehr Stress aufzuhalsen? Ich weiß. Aber mach dir keine Sorgen. Jetzt ist nicht die Zeit dieses Monster zu verfolgen. Dazu kommst du noch, versprochen. Jetzt ist es erst einmal Zeit zum feiern! Komm mit.«

Kapitel 5 – Gefährliche Liebschaft

»Das kannst du nicht ernst meinen! Wie kannst du glauben, dass ich jetzt feiern gehe, wenn Dorothy immer noch verschwunden ist? Und da vorne war dieses Monster, das sie entführt hat. Deinetwegen habe ich ihn aus den Augen verloren!«

Henry schreit Gray so wütend an, dass er vermutet, jemand wird gleich um die Ecke kommen und sich wegen des Lärms beschweren, oder einen kommenden Totschlag vermuten. Doch überraschenderweise bleibt es still um sie.

»Aber, aber … das ist doch kein Grund so wütend zu werden, mein Lieber«, sagt Gray mit gespielter Besorgnis und nimmt den Zylinder ab, »Ich weiß doch, wie wichtig dir Dorothy ist. Aber der Mann, den du gesehen hast, ist nicht das Monster, das du suchst.«

»Wie kommst du darauf? Gibt es etwa noch mehr von der Sorte?«

»Mehr von welcher Sorte? Monster? Du machst dir ja keine Vorstellungen. Obwohl du doch schon so einige selbst getroffen hast, nicht wahr?« Gray grinst Henry herausfordernd an.

»Verdammt nochmal, was willst du von mir?«, fragt dieser ungeduldig, »Wieso bist du so sicher, dass das gerade nicht die Kreatur ist, die ich suche.«

»Naja«, beginnt Gray mit betonter Unschuldsmine, »Der Mann, den du gerade verfolgt hast, ist ein Freund von mir. Und was ich von dir will? Komm mit mir und trink ein Glas. Ich verspreche dir, dass Dorothy nichts passieren wird. Du hast mein Wort.«

»Dein Wort bedeutet mir nichts«, entgegnet Henry verbissen, »ich weiß nicht, welches Spiel du mit mir spielst, aber ich habe langsam die Nase gestrichen voll. Du versprichst mir das Blaue vom Himmel, aber wenn ich tue, was du sagst, komme ich nur in Schwierigkeiten. Weshalb sollte ich dir überhaupt auch nur ein Wort glauben?«

Gray seufzt. Er lässt seine Schultern hängen und sein gesamtes Selbstbewusstsein scheint ihn verlassen zu haben.

»Du hast ja recht«, lenkt er ein, »du hast absolut keinen Grund, mir zu vertrauen. Aber ich will dein Vertrauen gewinnen.« Er legt Henry eine Hand auf die Schulter.

»Und wie?«

»Wir treffen eine Abmachung. Ich beweise dir, dass der Mann, den du eben verfolgt hast, nicht das Monster ist, das du suchst. Und du lässt dir einen Drink von mir ausgeben, während du mir erzählst, weshalb Dorothy so wichtig für dich ist. Dafür bringe ich dich zu ihr. Und wenn du mir dann vertraust, helfe ich dir mit deinen Blackouts und bringe dich nach Hause.«

Mit diesen Worten bietet Gray Henry seine Hand an. Dieser zögert einen Moment. Soll er sich wirklich darauf einlassen? Er könnte ihn wirklich zu dieser Kreatur führen. Diese Chance kann er sich nicht entgehen lassen.

»Aber wenn du weißt, wo Dorothy ist, wenn du mir helfen kannst, wieso hast du mich durch diese Stadt jagen lassen? Wieso spielst du diese ganzen Spiele?«

»Also schön. Ich will ganz ehrlich zu dir sein. Ich kann dieses Monster nicht töten. Glaub mir, ich habe es versucht. Deshalb habe ich so lange auf dich gewartet. Du bist der einzige der das schaffen kann. Du bist der Held, den diese Welt braucht. Diese Blackouts, dass du hier bist, zu diesem Zeitpunkt, das hat einen Grund. Aber du musstest selbst erfahren, wie verrückt diese Welt ist, dass sie nichts mit der Welt zu tun hat, aus der du kommst. Und dass du bei all dem, was du gesehen hast, nicht durchdrehst, zeigt mir, dass du wirklich stark genug bist, alles in Ordnung zu bringen. Dieser Unsichtbare, den du gestellt hast, war sozusagen der Test dafür. Ich gebe zu, es war hinterlistig von mir, dich damit alleine zu lassen, aber ich musste sichergehen.«

Ohne mit der Wimper zu zucken holt Henry aus und schlägt zu. Gray weicht dem Schlag spielend aus.

»Du verdammter Drecksack«, zischt Henry wütend.

»Ich weiß, das war nicht in Ordnung. Lass es mich wieder gut machen, ja? Komm mit, ich geb einen aus, und wir reden ganz in Ruhe. Ich sage dir, wie du Dorothy befreien kannst und dann machen wir dieses Monster fertig und retten das Land.«

Henry zögert.

»Ich schwöre dir, wenn du mich wieder verarschst …«, beginnt er.

»Ich möchte ja nicht darauf rumreiten, aber welche andere Wahl hast du denn?«

Damit hat Gray natürlich recht. Was soll Henry auch anderes tun, als auf ihn zu hören? Er weiß immer noch nicht, was das hier für ein Land, oder was für eine Welt, wie Gray es nannte, sein soll. Oder wie er wieder nach Hause kommen kann. Zumindest wird er zuhören. Ob er auf Gray hört, kann er dann immer noch entscheiden. Er seufzt.

»Na schön. Ich komme mit. Aber ich vertraue dir nicht.«

Gray grinst freudig.

»Sehr schön! Dann lass uns gehen. Ich kenne einen wunderbaren Pub. Dieser Typ von eben, den du für das Monster gehalten hast, das du verfolgst, ist dort Barmann. Es wird dir gefallen.«

Demnächst schlag ich ihm den Schädel ein, denkt Henry.

Der Pub, zu dem Gray Henry führt, trägt ein Schild mit dem Namen »La Marquise de Merteuil«. Die Fassade des Hauses lässt auf ein gehoreneres Etablissement schließen. Das Gebäude wird getragen von dunklen Ebenholzbalken, die Vorhänge bestehen aus purpurnem Samt und überall finden sich goldene Verzierungen. Henry ist beeindruckt von dieser edlen Erscheinung zwischen den schon fast heruntergekommenen Häusern, die sonst in dieser Gegend stehen.

Gray öffnet die Türe und bietet Henry den Vortritt an. Trotz eines seltsam beunruhigenden Gefühls geht er langsam an Gray vorbei und betritt den düsteren Raum. Er atmet die rauchige Luft ein und sofort bemerkt er viele verschiedene Aromen, die seine Nase aufnimmt. Er riecht verbrannten Tabak, Alkohol, Parfums und noch unzählige Düfte mehr, die er nicht zuordnen kann. Der große Raum selbst ist nur spärlich beleuchtet, wenige Kerzen brennen auf den Tischen und die Lampen an den Wänden sind allesamt gedimmt durch dicken, farbigen Soff. Dicke Rauchschwaden von allerlei Zigarren, Wasserpfeifen und ähnlichen Waren hängen in der Luft und brennen Henry in den Augen. Er erkennt einige runde Tische sowie eine Bar, überall Leute, die sich ihren Gelüsten hingeben und mit den hübschen Kellnerinnen flirten sowie eine Bühne, deren Vorhang zugezogen ist. Offensichtlich finden hier auch des öfteren Vorführungen statt. Henry versucht sich vorzustellen, welcher Art diese Vorführungen wohl sein könnten. Doch dann erregt etwas an der Bar seine Aufmerksamkeint. Nein, nicht etwas. Jemand. Hinter der Bar steht ein Jemand, der aussieht wie ein Monster. Obwohl er gebeugt läuft, ist er sehr groß, hat ein etwas deformiertes Gesicht und riesige Hände mit langen Fingern. Henry muss ihn sehr auffällig anstarren, denn der Barmann sieht ihn ebenfalls an. Mit stechendem Blick sieht er ihm direkt in die Augen. Henry wird von Angst übermannt. Er hat das Gefühl, sie starren sich eine kleine Ewigkeit gegenseitig an. Dabei scheint er nicht dazu fähig, seinen Blick abzuwenden. Erst als Gray ihm die Hand auf die Schulter legt, reißt das Henry aus seiner Trance.

»Keine Sorge. Valmont kann sehr irritierend sein, aber er ist ein netter Kerl. Komm, wir setzen uns.«

Sie setzen sich an einen Tisch vor der Bühne und Gray ruft dem als Valmont bezeichneten Barman seine Bestellung zu. Dann greift er in sein Jackett und nimmt eine kleine Schachtel mit Zigarren heraus, steckt sich eine in den Mund und bietet Henry ebenfalls eine an. Dieser lehnt mit einem knappen Kopfschütteln ab. Kurz darauf kommen die Drinks, gebracht von einer wunderschönen jungen Frau mit feuerroten Haaren, der Henry noch hinterhersieht, als sie geht. Gray nimmt einen Schluck und beginnt zu reden.

»Also Henry. Ich habe dir versprochen, dass ich ehrlich zu dir bin. Diese ganze verdammte Welt geht vor die Hunde. Du hast es selbst gesehen. Überall tauchen diese Monster auf, sie töten und entführen Menschen und müssen aufgehalten werden. Und diese Kreatur, die dieses kleine Mädchen entführt hat, ist das schlimmste Monster von allen. Mit ihm hat alles angefangen und mit ihm wird es enden. Du hast es gesehen. Und du hast es gespürt. Dieses Mädchen ist dir nicht egal. Du bist ein guter

Mensch. Du kannst uns retten.«

»Ich bin kein guter Mensch«, erwidert Henry und trinkt, »Ich will Dorothy nicht aus reiner Herzensgüte retten.«

»Weswegen dann?«

»Als ich ein Kind war, hatte ich eine kleine Schwester. Sie war knapp zwei Jahre jünger als ich. Ich sollte auf sie aufpassen, als unsere Eltern weg mussten, ich weiß nicht mal mehr wohin. Es war nichts Besonderes, sie ließen uns immer mal wieder alleine. Aber dieses Mal war alles anders. Wir spielten draußen Verstecken und merkten nicht, dass ein Sturm aufzog. Sie versteckte sich irgendwo im Wald, als der Regen kam. Ich rief nach ihr, doch der Donner verschluckte meine Rufe. Der Regen platzte vom Himmel und schlug mir ins Gesicht. Ich rannte durch den Wald, auf der Suche nach meiner Schwester, irgendwann glaubte ich sogar, dass ich ihre Stimme hörte. Aber ich fand sie nicht. Als meine Eltern zurückkamen erzählte ich ihnen, was passiert war und sie suchten nach ihr, während ich im Haus bleiben sollte. Die ganze Nacht hatte ich Angst um meine Schwester. Doch sie wurde nie wieder gefunden. Meine Eltern waren furchtbar wütend auf mich. Sie konnten mir nicht verzeihen, dass ich sie verloren hatte«, Henry hält inne, bevor er fortfährt, »Das habe ich alles schon vergessen gehabt. Bis ich das kleine Mädchen gefunden habe. Dorothy. Genau so hieß auch meine Schwester. Und ich könnte schwören, sie sah genau so aus wie sie.

Sie könnten Zwillinge sein. Ich weiß, dass die Dorothy, die das Monster hat, nicht meine Schwester sein kann. Sie war damals so als wie die entführte Dorothy jetzt ist. Aber ich konnte sie nicht retten, und das wird mir kein zweites Mal passieren. Deshalb muss ich sie finden und aus den Klauen dieser Kreatur befreien. Und nicht weil ich ein guter Mensch bin.«

»Du gibst dir also die Schuld, ich verstehe«, sagt Gray und starrt auf die Asche seiner Zigarre, »und du hast das all die Jahre verdrängt?«

»Es sieht so aus, ja.«

»Ich denke, das hat auch etwas mit den Blackouts zu tun, die du immer wieder hast. Das könnte der Auslöser gewesen sein.«

Henry sieht Gray an.

»Du hast recht. Das könnte alles zusammenhängen.«

»Und vielleicht kannst du sie loswerden, wenn du das Mädchen rettest. Und damit uns alle.«

Henry nickt und trinkt, während er nachdenkt. Vielleicht stimmt es ja doch, was Gray gesagt hatte. Vielleicht kann Henry diese Welt retten. Und damit gleich auch sich selbst.

Während er gedankenversunken in sein immer leerer werdendes Glas starrt, hebt sich auf der Bühne der Vorhang. Offenbar beginnt gleich eine Vorführung. Auf der Bühne geht das Licht an und Musik beginnt zu spielen. Henry und Gray sehen zu, wie eine Gruppe junger Frauen ins Rampenlicht treten und beginnen zu tanzen. Fasziniert erkennt Henry die Kellnerin wieder, die ihnen eben die Getränke gebracht hatte. So beleuchtet und oben stehend wirkt sie wie ein gütiger Engel. Er kann seine Augen nicht mehr von ihr lösen und alles andere, außer ihr, scheint im Nichts zu verschwinden. Sobald sie tanzt gibt es für ihn nichts anderes mehr. Für einen Moment vergisst er seine Situation, er vergisst seine Probleme, die Monster, Gray, diese Welt und sogar Dorothy. Es gibt plötzlich nur noch das Hier und Jetzt. Nur noch diese schöne Kellnerin mit ihrem feuerroten Haar. Ihre Bewegungen sind fließend und sinnlich. Sie wirken geradezu hypnotisierend. Henry beginnt zu fantasieren. Er will mit ihr zusammen tanzen, mit ihr zusammen sein. Ihre Stimme hören, ihr Lächeln sehen. Er will sie berühren, sie küssen. In ihrem Blick versinken. Sich in diesen klaren, hellblauen Augen verlieren.

Hat sie ihn gerade angesehen? Sie lächelt ihn doch an! Verlegen lächelt er zurück. Sein Blut gerät in Wallung, das Herz schlägt stärker. Die anfänglich schüchterne Faszination entwickelt sich langsam zur reinen Wolllust. Er betrachtet ihr Gesicht, ihren Körper. Wie sie ihre eleganten Kurven in Szene setzt. Sie lässt langsam ihre Hüfte kreisen, während sie sich dreht. In einer perfekten Komposition aus Musik und Bewegung scheint sie über die Bühne zu schweben. Die leichten Gewänder fließen sanft über ihre zarte Haut.

Henry hat das Gefühl, dass die Zeit stehen geblieben ist, während sie tanzt und gleichzeitig ist es auch viel zu schnell vorbei. Gray reißt Henry wieder ins hier und jetzt.

»Hör zu, ich werde alles tun, was ich kann, um dir zu helfen Dorothy zu retten. Wenn du hier wartest, dann finde ich heraus, wo sie ist und bringe dich zu ihr.«

»Und wie willst du das herausfinden?«

»Überlass das mir«, sagt Gray und grinst, »du kannst dich hier solange vergnügen.«

Mit diesen Worten verlässt Gray Henry. Dieser wirft seinen Blick wieder auf die Bühne und stellt entsetzt fest, dass der hübsche Rotschopf bereits selbige verlassen hat. Er bestellt bei einer anderen Kellnerin ein neues Glas, dann sieht er sich nach der Frau um, die ihm so den Kopf verdreht hat. Er fürchtet schon, sie nicht mehr wieder zu finden, da wird ihm der neue Drink auf den Tisch gestellt.

»Vielen Dank«, sagt Henry, doch statt der Kellnerin, bei der er gerade bestellt hat, sieht er der rothaarigen Tänzerin ins Gesicht.

»Nichts zu Danken«, sagt sie mit einem Lächeln, »ich habe bemerkt, dass Sie meinen Tanz genossen haben.

»Oh, ähm ja«, stottert Henry verlegen, »Sie waren wirklich … bezaubernd, wenn ich das so sagen darf.«

Sie kichert. »Vielen Dank. Es ist immer schön, gewürdigt zu werden.«

»Keine Ursache«, er lächelt.

»Sind Sie alleine hier? Vorher waren Sie doch noch in Gesellschaft eines anderen Gentleman.«

»Oh, ähm ja. Aber er hat noch etwas zu erledigen und musste sich entschuldigen.«

»Na, wenn das so ist, habe ich Sie ja ganz für mich alleine«, sagt sie zwinkernd, »sofern Sie meine Gesellschaft wollen.«

»Es wäre mir ein Vergnügen. Mein Name ist übrigens Henry.«

Er bietet ihr einen Stuhl an. Sie setzt sich.

»Ich bin hoch erfreut, Henry. Ich bin Cécile.«

»Die Freude ist ganz meinerseits.«

»Du bist sehr charmant«, sagt Cécile lächelnd, »Was führt dich hierher?«

»Ich bin auf der Suche nach jemandem«, beginnt Henry zu erzählen.

»Sind wir das nicht alle?« Sie zwinkert ihm zu.

»Naja, ich muss ein Mädchen finden, das in Gefahr ist. Ich suche sie schon seit Tagen.«

»Das muss ja ein ganz besonderes Mädchen sein, wenn du dir so viel Mühe gibst. Da könnte ich ja glatt Eifersüchtig werden.«

»Oh, das ist nicht nötig, glaube mir.«

»Achja?« Ihr Lächeln verrät große Freude. »Wieso denn?«

Bevor er es überhaupt realisiert, erzählt Henry Cécile von Dorothy und wieso es ihm so wichtig ist, sie zu finden. Er verschwendet keinen Gedanken daran, weshalb er ihr alles verrät, er will ihr einfach nur beweisen, dass sie sich keine Sorgen wegen einer anderen machen muss. Sie soll ihn für fürsorglich halten und er will ihr unbedingt gefallen.

»Das ist ja furchtbar. Ich hoffe wirklich, dass du sie retten kannst«, sagt Cécile. Ihr Tonfall lässt wirkliche Anteilnahme vermuten. Sie legt ihre Hand auf seine und sieht ihm tief in die Augen.

Henrys Herz schlägt stärker bei ihrem Blick. Er kann sich ihm nicht mehr entziehen.

»Bei all dem, was dir passiert ist, musst du ja sehr erschöpft sein.«

»Ja«, antwortet Henry.

»Und wenn dein Begleiter dich hier warten lässt, dann kannst du die Zeit auch gleich nutzen, um dich auszuruhen.«

Henry nickt. Cécile steht auf, ohne Henrys Hand loszulassen. Sie beugt sich zu seinem Ohr.

»Komm mit, ich helfe dir, dich zu entspannen«, flüstert sie.

Wortlos steht Henry ebenfalls auf und lässt sich von Cécile fortführen.

Cécile bringt Henry in ein gemütliches kleines Zimmer. Ein gedimmtes, schummriges Licht verbreitet eine intime Stimmung. Die Wände sind zum großen Teil holzvertäfelt oder in dunklem Rot gestrichen. Außer einem Schreibtisch in der einen und einem Kleiderschrank in der anderen Ecke, findet sich nur ein großes Himmelbett in dem Raum. Sie hält seine Hand und geleitet ihn zu dem Bett, das auf der anderen Seite steht. Dort soll er sich an den Rand setzen, während sie einige Schritte zurück geht.

»Dir hat mein Tanz doch gefallen, nicht wahr?«, fragt Cécile.

»Ja, sehr sogar«, antwortet Henry.

»Dann würde ich gerne für dich ganz alleine tanzen, wenn du möchtest«, sagt sie mit einem verführerischen Lächeln.

»Ich fühle mich sehr geehrt.«

Er lächelt sie freudig an. Sie beginnt sich langsam zu bewegen, als wäre sie ein Grashalm im Wind. Selbst ohne Musik scheint sie einem Rhythmus zu folgen. Die leichten Tücher, in die sie gekleidet ist, wirken schon wieder, als wären sie flüssig wie Wasser und würden ihren perfekten Körper herabfließen und umschmeicheln. Diese optische Wellenbewegung versetzt Henry beinahe in Hypnose. Obwohl er weiß, dass keine Musik spielt, kann er sie hören. Er gibt sich den Melodien hin, die von dieser wunderschönen Tänzerin auszugehen scheinen.

Cécile bewegt nun ihre Arme zu den Bewegungen der Hüfte. Mit den leichten Schritten, die sie dabei macht, könnte sie wohl sogar über Wasser tanzen. Die Tücher rutschen über ihre Schenkel, bieten einen kurzen Blick, bevor sie die glatte Haut wieder verschleiern. Henry atmet flach. Sein Herz schlägt schneller. Auch Cécile scheint sich etwas schneller zu bewegen. Schlägt sein Herz etwa im selben Rhythmus wie die Musik, die er hört? Tanzt sie zu seinem Herzschlag? Das ist doch gar nicht möglich. Oder doch? Seine Gedanken überschlagen sich. Vielleicht schlägt ihr Herz ja im selben Rhythmus.

Cécile lässt eines der Tücher fallen. Ihre Schultern liegen nun frei, ebenso ihr Dekolletee. Henry schluckt. Sein Mund fühlt sich sehr trocken an. Sie kommt langsam tanzend auf ihn zu. Während den letzten Schritten öffnet sie das Tuch, das um ihre Hüfte geschlungen ist. Sie breitet es über die gesamte Spanne ihrer Arme aus. Es verdeckt ihren gesamten Körper, so dass Henry nur noch ihre Silhouette erkennen kann. Dann steht sie direkt vor ihm. Er hält den Atem an. Der Buchteil der Sekunde, in dem sie reglos vor ihm steht scheint endlos. Die ganze Welt ist stehen geblieben.

Das Tuch fällt. Sie steht vor ihm, lediglich ihre Brüste und ihr Schritt sind noch bedeckt. Als sie das Tuch fallen lässt, hebt sie die Arme. Henry atmet scharf ein. Ihm wird schwindelig. Ihre Schönheit ist überwältigend. Als würde sie sich im Wind biegen, schlängelt sie sich zu Boden. Sie geht vor ihm auf die Knie, legt ihre Hände auf seine Schenkel. Langsam und ohne Gewalt schiebt sie seine Knie auseinander. Ihre Hände gleiten über seine Schenkel zum Schritt. Sie erhebt sich ein wenig, nähert sich seinem Gesicht. Ihren Blick hypnotisierend auf seine Augen gerichtet. Er lehnt sich ihr leicht entgegen. Ihre Lippen nähern sich. Sein Körper bebt. Das Herz schlägt schneller. Gleich wird er sie küssen. Sie lächelt verführerisch. Er kann sich nicht mehr bewegen. Ihre Hand streicht über seinen Bauch, seine Brust, legt sich auf seine Wange. Er spürt ihren Atem. Dann ist ihm schwindelig. Er kann sich nicht mehr halten. Sein Herz springt ihm gleich aus der Brust. Er fällt rücklings auf das Bett. Alles um ihn herum wird dunkel. Cécile beugt sich über ihn. Während Henry das Bewusstsein verliert, sieht sie ihn an. Und scheint zu lächeln.

Als Henry aufwacht, ist er alleine. Er liegt weich und entspannt auf einem großen Himmelbett. Durch ein Fenster scheint die Sonne und erhellt das Zimmer. Henrys Augen benötigen einen Moment, um sich an das Licht zu gewöhnen, dann sieht er sich um. Er erkennt das Bett und das Zimmer. Hier hat Cécile ihn hergebracht. Aber von ihr ist keine Spur zu sehen. Was ist nur passiert? Henry erinnert sich an ihren Tanz und daran, dass er ohnmächtig geworden ist. Aber warum? Wie konnte er plötzlich so schwach werden? Hatte er wieder einen Blackout? Der Letzte ist eine gefühlte Ewigkeit her, aber irgendwie hat es sich diesmal anders angefühlt. Er setzt sich auf. So seltsam dies alles auch sein mag, ein Gedanke drängt sich ihm in den Kopf. Der Gedanke etwas wichtiges vergessen zu haben. Und mit einem Mal weiß er, dass er das Zimmer verlassen sollte. Auch wenn ihm nicht einfallen will, was er vergessen hat, sicher ist, dass er nicht hier sein sollte. Vielleicht fällt ihm wieder ein, was er tun wollte, wenn er erst einmal draußen ist. Er will aufstehen. Doch in dem Moment, in dem seine Füße den Boden berühren, öffnet sich die Tür. Ein hübscher Rotschopf steckt ihren Kopf ins Zimmer und lächelt freudig, als sie Henry sieht.

»Oh, du bist wach. Sehr schön«, Cécile betritt den Raum, »Du hast sehr lange geschlafen.«

»Wirklich? Wie lange bin ich schon hier?«

»Fast den ganzen Tag. Es wird gleich schon wieder dunkel.«

»Verdammt!«, ruft Henry und springt auf, »Ich sollte doch auf meinen … Kollegen warten. Hat jemand nach mir gefragt?«

»Meinst du den Gentleman, der dir gestern Gesellschaft geleistet hat?«

»Ja, er wollte sich um etwas kümmern und dann zurückkommen«

Dass er vergessen hat, worum Gray sich kümmern wollte, verschweigt er. Cécile nimmt seine Hand und setzt sich mit ihm zurück auf das Bett.

»Keine Sorge, es war niemand hier. Ich bin sicher, er wird wieder kommen. Bis dahin kannst du mit mir hier warten«, die küsst ihn auf die Wange, »Wir können uns solange ja unterhalten. Und Amüsieren.«

Henry zögert. Etwas in ihm will unbedingt dieses Zimmer verlassen. Doch er kann sich von dieser Frau nicht losreißen. Er freut sich, einen Grund gefunden zu haben, noch länger bei ihr bleiben zu können.

»Ich sollte wirklich nach meinem Kollegen suchen«, sagt er schließlich.

»Aber die Stadt ist groß. Hast du denn überhaupt eine Ahnung, wo er hingegangen ist?«

Er hält inne. Nein, das hat er natürlich nicht.

»Wenn du jetzt gehst und ihn suchst, dann verpasst du ihn vielleicht. Wäre das nicht sogar noch schlimmer?«

»Du hast Recht«, sagt er und steht auf, »Aber ich kann doch nicht einfach hier rumsitzen und nichts tun.«

»Bleib bei mir«, auch sie steht auf und legt ihre Hände auf seine Brust, »ich brauche dich.«

Sie sehen sich tief in die Augen. Er sieht, dass sie sich fürchtet.

»Was ist los? Wovor hast du Angst?«

Sie blickt zu Boden, als hätte er sie ertappt.

»Ich … ich werde bedroht. Eigentlich sollte ich dir das gar nicht sagen«, sie wendet sich von ihm ab und legt ihr Gesicht in die Hände, »ich will dich nicht auch in Gefahr bringen. Aber ohne dich weiß ich nicht, was ich tun soll.«

Henry schluckt. Bis eben war sie noch eine junge, selbstbewusste Frau, jetzt wirkte sie eher wie ein kleines verängstigtes Mädchen alleine im Wald.

»Hey, mach dir keine Sorgen«, sagt er und nimmt sie in den Arm, »Ich gehe nirgendwo hin. Du bist sicher, das verspreche ich.«

Cécile blickt auf. Für einen Moment sieht sie ihn

noch sorgenvoll an, dann erhellt sich ihre Mine und sie beginnt wieder zu lächeln.

»Oh, du bist so ein guter Mann. Wie kann ich mich nur bei dir bedanken?«

»Ach, das ist doch gar nicht nötig. Sag mir nur, was dir solche Angst macht.«

Und plötzlich steht vor ihm wieder diese selbstbewusste Frau, die ihn so verführerisch anlächelt, dass er alles vergisst. Ehe er reagieren kann, streckt sie sich ihm entgegen und küsst ihn. Wie gelähmt steht er da und fasst sie dann an der Hüfte, um sie näher zu sich zu ziehen. Sie schlingt ihre Arme um seinen Hals. So verharren sie in einem leidenschaftlichen Kuss für einige ewige Momente.

Als sie sich voneinander lösen sagt Henry: »Ach, egal. Ich bin so oder so für dich da.«

Cécile nimmt seine Hand und führt ihn zurück zum Bett. Dort lässt sie ihre Kleider fallen und legt sich hinein. Er folgt ihr und beginnt sie zu küssen. Seine Hand fährt streichelnd ihren Nacken entlang über ihr Schlüsselbein und zwischen ihre Brüste. Sie vergräbt ihre Finger in seinen Haaren und hält seinen Kopf. Während er ihre üppige Brust greift und leicht massiert, öffnet sie sein Hemd. Nachdem er sich ebendem entledigt hat, gleitet seine Hand zwischen ihre Beine. Sie beginnt zu stöhnen und biegt ihren Rücken. Henry lächelt und küsst sie erneut. Er beginnt seine Finger rhythmisch zu bewegen. Sie atmet schneller und fasst in die Laken. Ihre Hände verkrampfen sich beinahe. Er küsst ihren Hals und ihre Brüste. Ihre Zungen tanzen miteinander. Sie drückt ihre Fingerspitzen in seinen Rücken. Ihre Hüfte beginnt zu beben. Sie stöhnt laut auf. Er beugt sich über sie und dringt in sie ein. Sie schlingt ihre Beine um seine Taille. Er sieht ihr in die Augen. Für einen Moment hat er das Gefühl, ihr Blick hätte sich verändert. Die Leidenschaft steht ihr ins Gesicht geschrieben. Sie rollen sich zur Seite und schon sitzt sie auf ihm. Ihre Brüste hüpfen rhythmisch zu ihren Bewegungen. Waren sie nicht eben noch etwas größer? Cécile beugt sich herunter, um ihn zu küssen, dann lehnt sie sich, getrieben von Ekstase, zurück. Henry kann sich nicht zurückhalten. In diesem Moment erreicht er den Höhepunkt. Kurz hält sie inne. Dann setzt sie sich wieder gerade auf. Henry hat das Gefühl, sie sieht jünger aus, als vorher. Was geschieht hier? Erschöpft legt sie sich neben ihn, ihren Kopf auf seine Schulter, die Hand auf seiner Brust. Die Hand wirkt kleiner als zuvor. Er versucht sie anzusehen und hebt den Kopf.

»Ist irgendwas?«, fragt sie.

Doch er hat nicht mehr das Gefühl, dass Cécilc neben ihm liegt. Statt der jungen Frau, die ihn so verzaubert hat, sieht er plötzlich …

»Dorothy?«

Er versucht sich aufzusetzen, doch er kann sich nicht mehr bewegen. Sie kichert.

»Du bist einfach zu süß. Wie du dich um mich gesorgt hast, hat mich wirklich zutiefst gerührt.«

Henrys Gedanken überschlagen sich.

»Aber … wie ist das möglich? Was ist hier los? Warum kann ich mich nicht bewegen?«

Dorothy setzt sich breit grinsend auf ihn und küsst ihn. Dann hüpft sie vom Bett.

»Und? Wie war ich?«, fragt sie.

Henry will antworten, doch dann hört er eine andere Stimme.

»Du warst wundervoll, Kindchen. Einfach wundervoll.«

Diese Stimme wirkt sehr vertraut. Das ist Gray, der da spricht. Aber wann hat er das Zimmer betreten? War er die ganze Zeit schon da? Henry wird schwindelig.

»Oh. Ich glaube er schläft gleich wieder ein«, sagt Dorothy und beugt sich über ihn.

»Sehr gut«, hört er Gray sagen, »dann ist er endlich aus dem Weg und wir können fortfahren.«

Seine Stimme scheint ungewohnt ernst zu sein.

»Dann können wir noch viel mehr Spaß haben, ja?«, fragt Dorothy aufgeregt.

»Oh ja. Noch sehr viel mehr. Wenn wir mit ihm fertig sind, werden wir nur noch Spaß haben.«

Henry hört die beiden lachen. Dann wird ihm schwarz vor Augen.

Kapitel 6 – Die eiserne Maske

Mir ist kalt. Wieso ist es hier so kalt? Ich öffne die Augen. Irgendetwas stimmt hier nicht. Die Decke ist aus kahlem Stein. Sieht aus wie ein Kellergewölbe. Mein Kopf ist schwer. Nein, nicht mein Kopf. Ich versuche mir mit der Hand ins Gesicht zu fassen. Doch etwas Kaltes hält mich auf. Fühlt sich an wie Metall. Ist das ein Helm? Nein. Vielmehr eine Maske. Schlitze für Augen, Nase und Mund, aber ansonsten komplett verschlossen. Ist das ein Schloss an der Seite? Ich kann es nicht öffnen. Mein Kopf ist gefangen! Was soll das? Wieso bin ich hier? Wieso ist mein Gesicht von dieser Maske verdeckt? Sie ist schwer und kalt. Ich setze mich auf und sehe mich um. Ein kleiner Raum, nackter Stein. Ein kleines vergittertes Fenster auf der einen und eine schwere, eisenbeschlagene Holztür auf der anderen Seite. Das Licht, das durch das kleine Fenster fällt ist hell. Es scheint Tag zu sein. Trotzdem kommt nicht genug Licht herein. Der ganze Raum wirkt sehr dunkel. Ich stehe von der Pritsche auf, auf der ich aufgewacht bin. Jetzt bemerke ich, dass ich am Bein angekettet bin. Was soll das nur alles? Die Kette ist lang genug, dass ich mich im ganzen Raum bewegen kann. Aber selbst, wenn ich die Tür öffnen könnte, könnte ich die Zelle nicht verlassen. Natürlich ist die Tür trotzdem verschlossen. Kein Schlüsselloch, keine Möglichkeit sie von innen zu öffnen. Selbst der kleine Spalt zwischen Tür und Boden ist zu schmal, um dahinter etwas zu erkennen. Auch durch das Fenster, das etwas über meinem Kopf, in der dicken Mauer eingelassen wurde, kann ich nicht viel erkennen. Am unteren Rand kann ich einige Grashalme emporragen sehen. Dahinter scheinen Bäume zu stehen, die mir den Blick auf den Himmel verwehren. Offenbar befindet sich das Zimmer unter der Erde.

Ich denke nicht, dass mich jemand hören würde, wenn ich um Hilfe rufen würde. Wie bin ich nur hierher gekommen? Wer hat mich hier eingesperrt? Ich kann mich nicht erinnern. Um genau zu sein, kann ich mich an gar nichts mehr erinnern. Wie kann das sein? Mein Herz. Es rast. Ich kann mich nicht mehr daran erinnern, wer ich bin. Mein Name, meine Vergangenheit, alles weg. Wie?

»Hallo? Ist da jemand?«

Jemand ruft. Ich drehe mich sofort in die Richtung, aus der die Stimme kam.

»Hallo! Ja, hier! Ich bin in dieser Zelle gefangen«, antworte ich.

»Was? Sie auch? Verdammt. Das wird ja immer schlimmer.«

Die Stimme klingt nach einem Mann. Er wirkt verzweifelt. Und scheinbar ist er nicht derjenige, dem ich diese Situation zu verdanken habe. Ob er auch sein Gedächtnis verloren hat?

»Wissen Sie noch, wie Sie hier gelandet sind?«, frage ich.

»Nun, mehr oder weniger.«

»Was meinen Sie damit?«

»Naja, das Letzte, das ich noch weiß, ist, dass ich auf einem Bett lag und mich nicht bewegen konnte. Dieser Typ hat mir das angetan. Er nennt sich Gray. Dann wurde mir schwarz vor Augen und ich bin hier wieder aufgewacht.«

Gray. Dieser Name kommt mir bekannt vor. Irgendwie habe ich das Gefühl, er hat auch etwas mit mir zu tun. Nur was?

»Wer ist dieser Gray?«

»Ich weiß es nicht genau. Er hat sich als Freund ausgegeben, aber dann hat sich alles als riesengroße Falle herausgestellt.«

Aus der Richtung, aus der ich seine Stimme höre kann ich ein kleines Loch in der Mauer erkennen. Ich versuche hindurch zu schauen. Auf der anderen Seite kann ich erkennen, dass die Zelle meines Nachbarn ähnlich aufgebaut zu sein scheint, wie meine.

»Also egal was dieser Mann getan hat, ich will gar nicht herausfinden, was er mit uns vorhat, wenn er zurückkommt«, *sagt er*, »Ich will hier so schnell wie nur möglich wieder raus.«

»Die Frage ist nur, wie«, *antworte ich,* »Die Mauern sind dick und meine Tür kann nur von außen geöffnet werden. Abgesehen davon werde ich mit diesen Ketten hier auch nicht sehr weit kommen.«

Ich rassle mit den Ketten.

91

»Sie sind angekettet? Wieso das denn?«

»Ich weiß es nicht. Vielleicht ist es ja auch etwas persönliches. Er hat mir auch diese seltsame Maske aus Eisen aufgesetzt.«

»Was für ein Monster tut so etwas nur?«

Monster? Dieses Wort wirkt wie ein Schlag in die Magengrube. Ich weiß sofort, dass ich schlechte Erfahrungen damit gemacht habe.

»Hey!«, *ruft mein Nachbar plötzlich,* »Haben Sie dieses Loch in der Wand zwischen uns bemerkt? Ich glaube, der Mörtel ist porös genug, um ihn abzutragen. Wenn wir das Loch größer machen, kann ich vielleicht rüberkommen und helfen die Ketten zu lösen.«

»Einen Versuch ist es wert«, *sage ich.*

Sofort machen wir uns an die Arbeit. Ich finde einen kleinen Stein, mit dem ich beginne den Mörtel abzukratzen.

»Ich heiße übrigens Henry«, *sagt er.*

Ich halte inne. Eine Erinnerung blitzt auf. Ist es möglich, dass ich ihn kenne? Wer auch immer das ist, langsam habe ich den Eindruck, dass er der Schlüssel zu meinem Gedächtnis sein könnte.

»Hallo? Alles in Ordnung?« *Er reißt mich aus meinen Gedanken.*

»Wie? Oh, ja, natürlich. Verzeihung, ich würde mich auch gerne vorstellen, aber ich habe keine Erinnerungen mehr. Wie es aussieht habe ich sogar meinen Namen vergessen.«

»Ich würde darauf wetten, dass Gray dahinter

steckt.«

Ab diesem Moment arbeiten wir stumm und konzentriert weiter. Der Tag geht vorüber, ohne dass wir einen genauen Blick aufeinander werfen können. Erst als das letzte Licht des Tages erlischt und die Nacht hereinbricht, haben wir ein paar Steine aus dem Weg geräumt. Völlig erschöpft legen wir eine Pause ein. Ich setze mich nieder und lehne mich gegen die Wand.

»Wenn das so weitergeht, werden wir wohl noch eine ganze Weile brauchen«, *sagt Henry plötzlich.*

»Ja, aber eine große Wahl haben wir in dieser Situation auch nicht, oder?«, *erwidere ich*, »Ich weiß, wir kennen uns nicht wirklich, aber was hast du mit diesem Gray zu schaffen, dass du hier gelandet bist?«

»Wieso interessiert dich das?«

»Ehrlich gesagt, als du seinen Namen erwähnt hast, hatte ich das Gefühl, er wäre mir vertraut. Vielleicht kann ich mich an mehr erinnern, wenn du mir von dir erzählst.«

»Nun, das klingt einleuchtend. Aber das ist eine längere Geschichte.«

»Also ich hab Zeit.«

»Auch wieder wahr«, *lenkt er ein. Dann erzählt er mir davon, wie er Gray getroffen hat, von dem Mädchen, das ihn an seine Schwester erinnert hat, die er verloren hatte und wie er dieses Monster verfolgt hat. Bei dieser Erwähnung habe ich erneut das Gefühl, mir würde sich der Magen umdrehen.*

93

»Aber wie sich herausgestellt hat, war Dorothy auch nur eine Marionette. Sie hat mich reingelegt und Gray direkt ausgeliefert. Seit ich hier gelandet bin, weiß ich einfach nicht mehr, was real ist und was nicht.«

»Hier gelandet? Wie meinst du das?«

»Ich komme nicht … von hier. Man könnte wohl sagen, ich komme aus einer anderen Welt. Seit ich Gray getroffen habe, passieren mir die unglaublichsten Dinge. Ich treffe auf Monster, Unsichtbare, reite auf brennenden Pferden und werde von kleinen Mädchen verarscht, die sich in erwachsene Frauen verwandeln können.«

Aus irgendeinem Grund bin ich nicht sonderlich überrascht, als er mir von all diesen unmöglichen Begebenheiten erzählt. Als wären sie völlig normal für mich. Aber er ist davon überzeugt, dass das alles eigentlich nicht möglich sein dürfte.

»Aber wie bist du dann überhaupt hierher gekommen?«

»Ehrlich gesagt, weiß ich das auch nicht. Du bist nicht der einzige, der Probleme mit seinem Gedächtnis hat. Es gibt vieles in meiner Vergangenheit, an das ich mich nicht erinnern kann. Aber seit ich hier bin, kommt tatsächlich so manches zurück.«

»Achja?«

»Ja, zum Beispiel konnte ich mich nicht an meine Schwester erinnern, bevor ich dieses Mädchen traf. Oder an meine Jugend, in der ich von zwei Jungs verprügelt wurde.«

»Erinnert dich diese Situation hier auch an etwas?«

»Ich weiß nicht, vielleicht. Meistens kommt die Erinnerung plötzlich zurück.«

»Naja, wahrscheinlich warst du auch nie wirklich gefangen, so wie jetzt.«

»Wahrscheinlich nicht, nein«, *sagt er und hält inne.*

Nachdem er einige Momente geschwiegen hat, frage ich ihn: »Alles okay?«

»Nein. Ich erinnere mich. Meine Eltern gaben mir die Schuld für Dorothys verschwinden. Sie brachten mich weg. Ich wurde eingesperrt. Aber wieso? Wieso sperrt man sein Kind ein? Es war doch keine Absicht!«, *er verliert die Kontrolle,* »Wie konnten sie mir das antun?«

»Was haben sie getan? Wo haben sie dich eingesperrt?«

»Nicht sie. Sie haben mich ausgeliefert. Ich weiß nicht an wen, aber ich wurde von jemandem in einen kleinen Raum gesperrt. Es ist alles sehr verschwommen.«

»Das klingt unfassbar. Wie bist du da wieder rausgekommen?«, *frage ich.*

»Keine Ahnung. Wirklich nicht. Ich habe danach auch meine Eltern nie wieder gesehen, zumindest nicht, dass ich mich daran erinnern kann. Ich erinnere mich, dass ich irgendwann eine Arbeit angefangen habe, dass ich Kollegen und sogar eine

Frau habe. Aber wenn ich so darüber nachdenke, kann ich mich kaum noch an ihre Gesichter erinnern. Oder ihre Namen«, *sagt er nachdenklich, dann ertönt ein lauter Schrei aus seiner Zelle,* »Ich werde noch verrückt! Warum vergesse ich so viel?«

»Also wenn ich dich richtig verstehe, erinnerst du dich an immer mehr, seit du diesem gelben Weg entlang gelaufen bist und diesen Gray getroffen hast, richtig?«, *frage ich ruhig, in der Hoffnung, dass Henry sich auch etwas beruhigen wird.*

»Ja. Na und?«

»Vielleicht hängt das ja zusammen. Möglicherweise kannst du deine Lücken weiter schließen, wenn du ihn zur rede stellst. Und vielleicht wird es mir auch meine Erinnerungen zurückbringen, wenn ich ihn finde. Deshalb möchte ich dir helfen. Ich glaube wir sitzen hier im selben Boot und können uns gegenseitig helfen. Was meinst du?«

Er scheint darüber nachzudenken.

»Ja, du hast recht. Das klingt gut.«

»Okay. Dann lass uns wieder an die Arbeit gehen und endlich hier rauskommen.«

So nehmen wir wieder das kleine Loch in der Wand in angriff. In der Dunkelheit arbeiten wir weiter und können einige Steine aus dem Weg räumen. Da das Licht fehlt, kann ich sein Gesicht nicht sehen, als das Loch groß genug ist, seine Silhouette zu erkennen. Ein Gesicht gehüllt in Schatten. Also entfernen wir einen Stein nach dem anderen, bis Henry endlich durch das Loch in meine Zelle kommen kann. Zu diesem Zeitpunkt bricht langsam der Tag an.

Henry, noch in Schatten gehüllt, sieht sich die Verankerung meiner Kette in der Wand an.

»Okay, ich will ganz ehrlich sein. Ich habe keine Ahnung, wie wir dieses Ding hier aufbrechen könnten. Wir bräuchten etwas wie einen Hebel oder so.«

Er hebt den Kopf und wendet sich mir zu. Licht fällt auf sein Gericht. Jetzt kann ich es erkennen. Dann bricht es wie eine Welle über mir ein. Bilder, Töne, Erinnerungen. Ich falle auf die Knie. Die Informationen kommen zu schnell. Ich kann sie kaum verarbeiten. Dieses Gesicht.

Henry kommt mir zur Seite und legt seine Hand auf meinen Rücken.

»Was ist los?«, *fragt er besorgt.*

Ein Schrei löst sich aus meiner Kehle. Ich erinnere mich plötzlich an alles. Es ist, als würden Blitze meinen Körper durchzucken. Wieso schmerzt die Erinnerung so?

Dann, mit einem Mal, verschwindet der Schmerz so schnell, wie er gekommen ist.

»Ich weiß es wieder«, *sage ich ruhig.*

»Was weißt du? Was ist hier gerade passiert?«

»Dein Gesicht. Ich kenne es. Ich kenne dich. Ich weiß, warum du hier bist, warum wir hier sind. Was diese Maske soll«, *ich sehe Henry an,* »Und ich weiß, dass wir Gray aufhalten müssen. Sofort.«

97

»Schön und gut, aber wie?«

Ich beginne schwer zu atmen. Alle Muskeln spannen sich an. Ich packe die Kette und ziehe daran. Henrys ungläubiger Blick liegt spürbar auf mir. Mein Herz schlägt schnell und stark, pumpt Blut durch meine Aterien. Die Muskeln scheinen gleich zu zerreißen. Die Kette beginnt nachzugeben. Meine Knochen schmerzen. Sie verformen sich. Die Finger werden länger, der Rücken krümmt sich. Die Maske wird enger. Die Kette gibt nach. Ich fühle es. Gleich wird sie reißen. Mein Kopf schmerzt, die Maske ist zu klein. Ich brülle vor Schmerz. Kann kaum noch denken. Gray, du Mistkerl. Du hast mir das angetan. Du bist an allem Schuld! Henry. Gray. Kopf. Schmerz. Schuld. Sünde. Wut. Kette. Sie springt aus der Wand. Packe an die Maske. Meine Finger bohren sich in das Metall. Ich zerreiße sie mit einem Ruck. Diese Kraft. Nichts kann mich aufhalten.

Angst. Ich spüre Angst. Aber nicht meine. Henry. Er fürchtet sich. Sieht mich mit weit aufgerissenen Augen an. Ich rieche die Furcht. Doch da ist noch mehr. Zorn. Verwirrung. Ich schüttle den Kopf. Will die Emotionen abschütteln. Muss hier raus. Weg von ihm. Ruhe finden. Klar denken. Darf nicht vergessen, was ich tun muss. Ich sehe Henry an. Wir schweigen einen Moment. Bis ich das Schweigen breche.

Kapitel 7 – Jekyll und Hyde

Henry starrt völlig bewegungsunfähig auf die Kreatur, die in dieser dunklen Zelle vor ihm steht. Er kann kaum fassen, was da gerade vor seinen Augen passiert ist. Der Mann in der eisernen Maske hat sich in dieses Monster verwandelt. Dieses Monster, das er so lange verfolgt hat. Das Monster, das Dorothy entführt hat. Er wollte es so unbedingt umbringen, um sie zu retten, doch jetzt wo er weiß, dass sie ihn nur reingelegt hat, weiß er nicht mehr, was er tun soll. Er fürchtet sich. Diese unbändige Kraft, die die Kreatur gezeigt hat, scheint absolut unmenschlich. Damit wird Henry unmöglich fertig. Aber geht wirklich Gefahr von ihr aus? Eben wollten sie sich noch gemeinsam Gray entgegenstellen. Wie ist seine Einstellung jetzt? Weiß es noch, wer es ist?

Schwer atmend steht es vor ihm. Sieht ihm in die Augen. Dann stürmt es los. Direkt auf Henry zu. Er wirft sich zur Seite. Die Kreatur rennt an ihm vorbei, auf die schwere Holztür zu. Als wäre sie aus Papier bricht es durch und verschwindet in den Gang dahinter. Henry steht auf und rennt hinterher. Der erste Schock verfliegt, seine Gedanken ordnen sich. Die Kreatur, der Mann in der Maske, wer auch immer da gerade durch die Tür geprescht ist, hatte wohl nicht wirklich vor ihn zu verletzten. So oder so ist es die beste Chance, die er hat, um aus diesem Verlies zu fliehen. Und wenn es noch Verstand besitzt, dann ist es vielleicht immer noch ein guter

Verbündeter.

Obwohl die Kreatur schneller ist als Henry, fällt es ihm nicht schwer, seinem Weg zu folgen. Immer wieder findet er abgebrochene Steine auf dem Boden oder Kratzspuren, die es hinterlassen hat. Aber je mehr Ecken und Gänge er passiert, desto eher bekommt er das Gefühl, sich in einem Labyrinth zu verlieren. Und die Kreatur scheint ebensowenig Ahnung zu haben, wie es hier wieder rauskommen soll. Die Spuren kreuzen sich immer wieder. Gerade als ihn der Mut verlässt und er am Ende seiner Kräfte ist, bleibt er stehen. Vor ihm offenbart sich eine Treppe, die nach oben führt. Doch die Spuren führen in eine Zelle daneben. Langsam und vorsichtig geht Henry zur Zelle und späht hinein. Darin sitzt die Kreatur zusammengekauert in der Ecke. Es scheint, als würde sie ... weinen. Henry tritt näher.

»Hallo, alles in Ordnung bei dir?«

Die Kreatur wendet ihm den Kopf zu und knurrt. Dann seufzt es.

»Nein«, sagt es mit tiefer, bebender Stimme, »ich weiß alles. Ich bin ein Monster.«

»Okay. Ich bin sicher, es ist nicht so schlimm, wie du glaubst. Willst du mir davon erzählen?«

»Das ist keine gute Idee. Es wäre wohl besser, wenn du gehst.«

»Aber ich weiß nicht, ob ich mich Gray alleine stellen kann. Ich brauche deine Hilfe. Und ich verspreche dir, ich werde dich nicht verurteilen, egal was du getan hast.«

»Bist du sicher, dass du die Bürde des Wissens tragen kannst?«

»Ich habe schon so viel erlebt, dass ich das sicher auch aushalten kann.«

»Na schön. Wenn du darauf bestehst. Mein Name ist Hyde. Du weißt ja bereits, dass dies hier nicht meine natürliche Gestalt ist. Bevor diese Verwandlungen passiert sind, war ich ein hochangesehener Wissenschaftler und Erfinder. Besonders in der Psychologie und Chemie war ich eine Koryphäe. Ich untersuchte den inneren Konflikt des Menschen, den Kampf zwischen seinen Trieben und seinem Verstand.

Als ich jung war, wurden meine Eltern von einem Wahnsinnigen getötet. Man fasste ihn und sperrte ihn in eine Anstalt. Ich war einige Zeit wie betäubt und konnte einfach nicht begreifen, wieso jemand andere Menschen einfach verletzt und tötet, also begann ich die menschliche Psyche zu studieren. Meine Lehrer bezeichneten mich als neugierig, aber ich wusste, dass sie mich für besessen hielten. Es dauerte nicht lange, bis sie mir nichts mehr beibringen konnten, weshalb ich schon jung meinen Doktortitel bekam. Einige Forschungsbücher, die ich in die Hände bekam, behandelten die Funktionsweise von Chemie im Gehirn, also studierte ich weiter. Nachdem ich alles wissenswerte gelernt hatte, was bis dahin erforscht wurde, wollte ich meine eigenen Forschungen durchführen. Ich ließ mich an einer Anstalt einstellen, um die Verrückten und Wahnsinnigen zu untersuchen.

Eines Tages spielte das Schicksal mir eben jenen Mörder in die Hände, der meine Eltern auf dem Gewissen hatte. Er wurde verlegt, ich weiß nicht mehr wieso. Aber niemand schien zu wissen, in welcher Verbindung wir zueinander standen, ein Umstand den ich sehr begrüßte. Bei dem Versuch, herauszufinden, weshalb er getötet hatte, fand ich heraus, dass er keinerlei Reue verspürte. Es war wie ein Trieb, er tötete nicht aus Freude oder zum Überleben, er tötete einfach. Mir war das unbegreiflich. Wie kann ein Mensch den Drang verspüren, das Leben eines anderen auszulöschen? Je weniger ich ihn verstand, desto mehr begann ich ihn zu hassen und gleichermaßen fand ich ihn absolut faszinierend. Diese Mischung aus Verachtung und Neugier machte mich selbst nahezu verrückt.

Ich weiß nicht wie viele Jahre ich damit verbrachte ihn auf Herz und Nieren zu untersuchen. Im Nachhinein kann ich mich noch nicht einmal an seinen Namen erinnern. Seltsam, wenn ich so darüber nachdenke. Aber dann änderte sich alles. Denn dann kam ein Mann zu mir, der mir die Augen öffnete. Natürlich war das Gray.

Er bot mir eine völlig neue Perspektive auf die menschlichen Triebe. Als der Wissenschaftler, der ich bin, konnte ich meine Neugier nicht im Zaum halten. Es war wie eine völlig neue Welt. Ich lernte eine Art der Befriedigung kennen, die ich nie für möglich gehalten habe. Mit ihm überschritt ich Grenzen, die andere sich wahrscheinlich gar nicht vorstellen können. Und ehe ich mich versah, war ich süchtig danach. Ich wollte mehr, wollte verstehen und mich allen Gelüsten hingeben. Doch dem stand etwas im Weg. Mein Verstand ließ sich nicht ausschließen, nicht abschalten. Noch immer konnte ich den Reiz von Gewalt und Tod nicht verstehen. Ich wollte katalogisieren und forschen, aber das hielt mich davon ab, ganz in diese Welt voller Erfahrungen und Gefühlen einzutauchen. Ich musste einen Weg finden, die Wissenschaft hinter mir zu lassen, um wirklich zu erfahren.

Gray, der mir bereits so viel zeigte, hatte noch eine Weisheit für mich. Er zeigte mir, was ich tun musste, um dieses letzte Stück Wahrheit zu finden, nach dem ich suchte. Dazu musste ich das Gehirn des Mörders meiner Eltern auseinandernehmen. Ich tötete ihn aus neugier, völlig emotionslos. Nur auf mein Ziel fixiert wusste ich kaum, was ich da tat. Aber mein Experiment glückte. Zumindest dachte ich das. Mithilfe seines Gehirns konnte ich ein Elixier herstellen, das meine Triebe verstärkte. Es konnte meine dunkle Seite zum Vorschein bringen. Ich konnte wahrhaftig erleben, wie sich der Drang nach Brutalität und Gewalt anfühlte. Aber ich hatte nicht die geringste Ahnung, was das bedeutete.

Je mehr ich Gray folgte, in die düstersten Abgründe des menschlichen Geistes, desto mehr verlor ich mich darin. Ich konnte die Veränderung spüren, aber sie nicht mehr aufhalten. Nach und nach veränderte sich meine Wahnehmung ebenso wie mein Äußeres. Bald schon war ich diese Kreatur, die du hier vor dir siehst. Ich verfiel diesem Leben so sehr, dass ich keinen Weg mehr hinaus finden konnte. All diese Verführungen und Gelüste wurden unbefriedigend.

Ich wollte wieder der sein, der ich war. Und Gray, dieser Mann, der mir gab was ich wollte und mir damit mein ganzes Leben zerstörte, hatte sein Ziel erreicht. Er hatte ein Monster aus mir geschaffen und ich war ihm ausgeliefert. Ohne ihn würde ich diese hässliche Visage nie wieder loswerden können. Zumindest glaubte ich das. Wir töteten weiter, um einen Weg zu finden, mich wieder zu dem zu machen, der ich war. Aber Gray hatte mich reingelegt. Ich war sein Todesengel. Bis ich begriffen hatte, dass er mich nicht heilen wollte, war es zu spät. Er war mit mir fertig und hatte sich bereits sein nächstes Ziel rausgesucht: Dich.«

Henry sieht ihn erstaunt an. Er ist völlig sprachlos.

»Auf dein Erscheinen hat er die ganze Zeit gewartet. Was auch immer er vorhat, es hat mit dir zu tun. Ich konnte ihn eines Tages beobachten, wie er mit diesem Mädchen plante, dich zu entführen. Um dich vor ihm zu bewahren wollte ich sie von dir fernhalten. Und wie das ausgegangen ist, weißt du ja selbst.«

»Das ist absolut unglaublich«, sagt Henry nach einem Moment des Schweigens.

»Ich habe so viele Menschen getötet, so viel Elend verursacht, hätte ich es nicht selbst erlebt, würde ich es selbst auch nicht glauben. Aber jetzt verstehst du sicher, weshalb ich ein Monster bin.«

»Naja, was du getan hast ist sicherlich schrecklich. Aber ich kann verstehen, was passiert ist. Du standest unter Grays Einfluss. Es ist wahrscheinlich kein Trost für dich, aber ich bin auch kein Heiliger.«

»Hast du unzählige Menschenleben zugrunde gerichtet?«

»Das nicht, aber...«

»Dann hast du Recht. Es ist kein Trost. Trotzdem, ich danke dir. Fürs zuhören.«

»Na schön. Wie soll es dann weitergehen?«

»Wie es weitergeht?«, Hyde steht auf und wendet sich Henry zu, »Wir töten Gray.«

Henry ist auf seltsame Weise erleichtert. Es scheint als sei sein Verbündeter noch er selbst, auch wenn sich sein Äußeres verändert haben mag. Aber er hat in letzter Zeit oft genug erlebt, dass das Äußere täuschen kann. Kaum etwas ist tatsächlich so, wie es scheint. Und dieser arme Teufel vor ihm ist offensichtlich nicht das Monster, das Henry zuerst in ihm sah.

»Okay, nach allem was er getan hat, hat Gray es sicher nicht anders verdient. Aber ich habe eine Bedingung«, sagt Henry mit fester Stimme.

»Und die wäre?«

»Ich will vorher wissen, was genau er vorhat. Wozu er mich braucht. Ich will den Grund für das alles erfahren.«

Hyde sieht ihm tief in die Augen. Es fällt Henry schwer diesem Blick standzuhalten. Er ist erdrückend, so als könnte er ihm in die Seele sehen. Doch er ist fest entschlossen hinter Grays Geheimnisse zu kommen. Er wird das Gefühl nicht los, dass es wichtig ist. Dass all das nicht aus einer puren Laune heraus geschehen ist.

»Also schön«, sagt Hyde schließlich und reicht Henry seine prankenähnliche Hand. Dieser schlägt ein. »Du bekommst deine Antworten und ich meine Rache.«

Gemeinsam verlassen sie die Zelle und steigen die Treppe hoch. Am oberen Ende erreichen sie eine Tür.

»Seltsam«, sagt Hyde, als er sie öffnet, »sie ist nicht verschlossen.«

»Nun, Gray hat wohl auch nicht damit gerechnet, dass wir unsere Zellen verlassen können. Und außer uns war niemand da unten.«

Sie gehen durch die Tür und betreten eine große Halle.

»Wow, das ist ja riesig«, staunt Henry.

Der Kerker ist offensichtlich nur der Keller einer großen, verlassenen Burg. Die Möbel und Dekorationen sind unter Staub und Spinnweben kaum noch erkennbar. Die großen Gemälde an den Wänden sind verblasst. Durch die Fenster dringt nur schwaches Licht, es ist bereits mitten in der Nacht. Hier oben kann man es auch donnern hören. Nur der Mond leuchtet schwach, doch genug, um zu erkennen, dass jemand eine Spur im Staub hinterlassen hat. Sie führt über einen alten, roten Teppich vom Eingangstor zum Kerker und auch nach hinten, weiter ins Innere der Gemäuer.

Henry und Hyde sehen sich an. Sie beschließen der Spur zu folgen, in der Hoffnung Hinweise zu Grays Plan zu finden. Auf dem Weg ins Innere behält die Dunkelheit die Überhand.

»Ich sehe hier überhaupt nichts«, flüstert Hyde.

In seiner Stimme liegt eine gewisse Demut, doch keine Angst. Henry denkt nach. Es muss doch eine Möglichkeit geben, etwas Licht in diese Gemäuer zu bringen. Ein kalter Schauer legt sich über seinen Rücken. Wird es kälter? Irgendwo pfeift der Wind durch ein undichtes Fenster.

»Blind durch diese Finsternis zu stolpern wird uns wahrscheinlich auch nicht allzu weit bringen«, stimmt er zu.

»Hörst du das«, fragt Hyde plötzlich.

Henry ist still und versucht, sich zu konzentrieren.

»Es klingt, als würde jemand weinen.«

»Glaubst du an Geister?«

»Nach allem was ich erlebt habe? Da wäre ein Geist wahrscheinlich noch das harmloseste«, sagt

Henry mit ironischem Unterton.

Ein Blitz erhellt kurz die Halle, doch dann macht sich die Dunkelheit erneut in der ganzen Burg breit. Nicht einmal das schwache Mondlicht dringt noch durch die trüben Fenster. Henry sieht die Hand vor Augen nicht.

»Na toll«, grummelt Hyde, »Und was jetzt?«

»Ich bin mir auch nicht sicher.«

Plötzlich dringt ein markerschütterndes Heulen durch die Gänge. Dann ein Donnerschlag. Aber er kam nicht aus dem Himmel. Er kam direkt aus der Burg. Henry und Hyde stehen noch immer wie angewurzelt da. Sie lauschen. Doch nun hören sie nur noch den Regen, der auf die Dächer prasselt. Ansonsten herrscht wieder Stille. Keiner der beiden traut sich, auch nur einen Muskel zu bewegen. Mehrere Momente lang rührt sich nichts. Bei dem Wunsch nach etwas Licht, denkt Henry an den Ritt auf Zarathus. Jetzt einfach entflammen zu können, wäre wirklich hilfreich. Nur wie hat er das damals angestellt? Lag es nur an dem Pferd, dass ihm diese Verwandlung gelungen ist, oder kam diese Fähigkeit aus seinem tiefsten Inneren?

Der Klang von Schritten reißt ihn aus seinen Gedanken. Sie scheinen näher zu kommen. Henry hält den Atem an. Auch Hyde gibt keinen Mucks von sich. Es klingt, als würde sich etwas sehr schnell auf sie zu bewegen. Doch die Schritte klingen seltsam. Sie hallen nur sehr kurz von den Steinwänden wider, als würden sie kaum den Boden berühren. Es klingt auch nicht, als würde, was immer da auf sie zukommt, Schuhe tragen. Und dann, so plötzlich wie sie erklungen sind, sind die Schritte wieder verstummt. Kein Klang, kein Hall. Schweiß tropft von Henrys Stirn. Alle Muskeln sind angespannt. Er ist bereit sich zu wehren, doch er spürt nackte Angst.

Kurz darauf spürt er etwas an seinem Bein. Vor Schreck springt er zurück. Reflexartig schlägt er in die Luft. Vor ihm erhellt sich der Gang. Für den Bruchteil einer Sekunde sieht er einen Schatten, der sofort wieder in der Dunkelheit verschwindet. Doch das Licht bleibt. Henry atmet schnappend.

»Wie hast du das geschafft?«

Hyde sieht ihn verblüfft an. Das Licht kommt von Henry. Er sieht auf seine Hände. Knochen. Brennende Knochen. Der Schreck muss die Verwandlung ausgelöst haben.

»Ich weiß es nicht. Aber immerhin haben wir jetzt Licht. Lass uns weitergehen.«

Durch die Verwandlung hat er neuen Mut gefasst und sie folgen dem Schatten, der sich scheinbar ebenfalls auf der Spur durch den Staub fortbewegt. Es dauert nicht lange, bis die Spur vor einer Tür endet.

Hyde dreht den Türknauf. Sie öffnet sich problemlos. Auf einem Tisch in der Mitte findet Henry ein paar Lampen, die er entzündet. Der Raum, in dem sie stehen ist völlig frei von jeglichem Staub. Neben den Lampen stehen noch mehrere Gläser und

Gerätschaften auf dem Tisch. An den Wänden befinden sich einige Regale mit weiteren Gefäßen, die mit verschiedenen Substanzen gefüllt sind und ein paar Tafeln. Überall liegen Bücher und Notizen herum, auf die Tafeln wurden Formeln geschrieben, die Henry nicht versteht. Dann sieht er in einer hinteren Ecke einen großen, beweglichen Tisch und einige Ketten, die von der Decke hängen.

»In diesem Labor hat jemand vor kurzem gearbeitet«, sagt Hyde.

Henry spürt, wie er sich zurückverwandelt. Er geht vor dem Tisch in die Knie. Auf dem Boden ist Blut. Er streicht mit dem Finger darüber. Das Blut ist leicht angetrocknet.

»Hier müssen grausame Experimente stattgefunden haben«, meint er.

Hyde sieht sich die Aufschriebe und Formeln genauer an. Er beginnt in den Notizen zu blättern und sortiert die Aufschriebe.

»Diese Experimente sind einfach grausam«, flüstert er, »jemand hat meine Arbeit weitergeführt.«

»Wie bitte?«

»Diese Aufschriebe basieren teilweise auf meinen Forschungen. Diese Substanzen auf dem Tisch habe ich selbst benutzt, dank ihnen habe ich mich letztlich verwandelt. Sie haben meine dunkle Seite entfesselt. Aber es geht noch weiter.«

Er wendet sich den Tafeln zu. Dann nimmt er ein Stück Kreide und führt die Formeln weiter, verändert sie, wo es nötig ist.

110

»Was tust du da?«

»Ich glaube, ich finde ein Heilmittel«, sagt Hyde aufgeregt.

»Bist du sicher? Wie kommst du darauf?«

»Diese Notizen, die Formeln, das sind die Antworten, die ich gesucht habe. Wenn ich sie mit meinen Forschungen verbinden kann, dann kann ich vielleicht ein Elixier mischen, mit dem ich mich zurückverwandeln kann.«

Er beginnt Substanzen und Flüssigkeiten zusammen zu suchen. Immer wieder sieht er zwischendurch in die Bücher und auf die Tafel. Dann mischt er etwas und kritzelt in den Büchern. Henry sieht ihm stumm dabei zu. Er hat ein schlechtes Gefühl bei der Sache.

»Ich bin mir ziemlich sicher, dass das Grays Labor ist, schließlich hat er ja auch zu deiner Verwandlung beigetragen. Aber wieso? Was hat er davon, wenn er nach einer Heilung für dich sucht, nachdem er doch so viel Zeit investiert hat, dich zu dem zu machen, der du jetzt bist? Das ergibt doch gar keinen Sinn.«

Doch Hyde ist wie im Wahn. Er ist nicht mehr ansprechbar, hat alles ausgeblendet, was nicht mit seiner Heilung zusammenhängt. Henry hat keine Wahl, als zu warten, bis er fertig ist. Er weiß nicht, wie viel Zeit vergangen ist, als Hyde endlich innehält. Dieser hält nun einen Messbecher mit einer seltsam dampfenden, dunkelroten Mixtur in der Hand und starrt sie an.

»Das ist es«, sagt er mit matter Stimme.

»Du bist fertig?«

»Ja. Endlich werde ich wieder mein Gesicht im Spiegel sehen. Endlich muss ich mich nicht mehr, hinter diesem verdammten Namen verstecken.«

»Diesem Namen? Wie meinst du das?«

»Hyde ist nur ein Pseudonym, das ich mir gegeben habe.«

»Und wie ist dein echter Name?«

Hyde lächelt. »Das sage ich dir gleich, wenn ich geheilt bin. Du wirst sicher überrascht sein.«

»Nein, warte. Ich bin nicht sicher ob du …«

Henry versucht ihn aufzuhalten, doch es ist bereits zu spät. Hyde hat den Becher an die Lippen gesetzt und den gesamten Inhalt in einem Zug ausgetrunken.

»Ich spüre es. Dieses Kribbeln. Es wirkt«, sagt er aufgeregt.

Doch dann verziehen sich seine Gesichtszüge.

»Ich … nein. Ich, das … das stimmt nicht.«

Seine Hände verkrampfen. Er beginnt zu zucken. Seine Schmerzensschreie hallen durch die Gänge. Unter Krämpfen bricht er zusammen. Henry eilt zu ihm, doch kann nicht helfen. Er zuckt am Boden, seine Augen sind leer. Dann ist es still. Für eine Sekunde bleibt die Zeit stehen.

Plötzlich ein Knurren. Etwas springt aus dem Schatten hervor und reißt Henry zu Boden. Er versucht sich zu wehren, ringt mit dem Wesen. In dem Kampftaumel erkennt er nicht, wer oder was da auf ihn losgegangen ist. Bis er unterliegt. Auf dem Boden festgedrückt, sieht er seinem Angreifer in die Augen. Es ist ein Mensch, aber seine Gesichtszüge sind verzerrt. Er hat kein Kinn, eine fliehende Stirn und seine Ohren sind sehr spitz. Aber diese Augen. Sie blicken Henry verschlagen und blutlüstern an. Er fletscht die Zähne. Ein Speichelfaden hängt ihm aus dem Mundwinkel. Seine Haut ist überzogen mit Narben. Er beginnt an Henry zu schnuppern.

»Du bist nicht der Schöpfer.«

Er ist kaum fähig, sich zu artikulieren, knurrt er mehr, als dass er redet.

»Wer bist du? Wo ist der Schöpfer?«

Henry verspürt lähmende Angst, doch er kämpft dagegen an.

»Wer ist der Schöpfer? Hat er dir diese Narben zugefügt?«

»Der Schöpfer hat mich gemacht. Er hat uns alle gemacht. Du siehst aus, wie der Schöpfer, aber dein Geruch ist anders. Wer bist du?«

»Ich bin Henry. Und ich will dir nichts böses tun. Versprochen.«

Zögerlich lässt der Angreifer Henry los, fixiert ihn aber immer noch mit seinem Blick.

»Wenn du nicht mit dem Schöpfer bist, dann solltest du schnell fliehen.«

Henry sieht zu Hyde, der regungslos am Boden liegt. Er fühlt seinen Puls.

»Ich kann nicht ohne ihn gehen. Er lebt noch und er ist auch nicht mit deinem Schöpfer.«

Der Vernarbte schnaubt kurz verächtlich, dann nimmt er Hyde mit erstaunlicher Leichtigkeit auf seine Schulter und knurrt: »Komm mit.«

Gemeinsam verlassen sie das Labor. Durch die bereits aufgehende Sonne kann Henry auf auf den Gängen etwas sehen. Sie durchqueren eilig die Eingangshalle und treten durch das Tor nach draußen. An der frischen Luft staunt Henry nicht schlecht. Zu seiner Rechten erstreckt sich eine Küste und ein Meer bis zum Horizont. Der Vernarbte führt ihn linkerhand in Richtung eines mächtigen Waldes.

Kapitel 8 – Die Insel der Bestien

Nach einem langen Marsch durch den dichten Wald ist Henry schwer ermüdet. Hyde ist noch immer ohnmächtig, hängt schlapp über der Schulter seines seltsam aussehenden Trägers. Der Wald, den diese sicherlich seltsam anmutende kleine Gruppe durchquert, erinnert Henry an den Wald, in dem er Dorothy gefunden hat. Und manchmal hat er sogar das Gefühl, er ähnelt dem aus seiner Kindheit, in dem er seine Schwester verloren hat. Er versucht sich von den Gedanken abzulenken.

»Du hast mir noch nicht einmal deinen Namen verraten«, sagt er plötzlich.

»Ich habe keinen Namen«, antwortet der vernarbte Träger knapp.

»Was? Wieso das denn?«

»Der Schöpfer hat uns keine Namen gegeben.«

»Euch? Wie viele von euch gibt es denn?«

»Keine Ahnung. Ich kann nicht so weit zählen. Wir sind viele.«

»Und keiner hat einen Namen«, murmelt Henry vor sich her, »sind die anderen denn auch so … vernarbt wie du?«

»Ich glaube ja. Wir sind uns ähnlich in manchen Dingen und unähnlich in anderen.«

Während sich Henry noch fragt, wozu jemand solche Menschen erschafft, bleibt sein Begleiter stehen.

»Wir sind da«, sagt er und deutet auf ein kleines

Tal, in dem einige kleine Hütten stehen, die eine Art Dorf bilden. Das komplette Tal ist umringt von Bäumen und sieht so aus, wie eine Lichtung im Wald. Die Hütten selbst sehen improvisiert und nicht sehr stabil aus. Hauptsächlich wurden Äste mit einer Art Lehm verstärkt. Sie wirken so instabil, dass schon ein leichter Regen sie wohl einfach hinwegspülen könnte. Während sie näher kommen, treten auch die Bewohner vorsichtig aber neugierig aus ihren Hütten und nehmen die Gäste in Augenschein. Henry versucht seinerseits ebenfalls die Bewohner unauffällig zu beobachten. Und tatsächlich kann er große Ähnlichkeiten zwischen ihnen und dem Mann aus dem Labor erkennen. Sie alle sehen seltsam verzerrt aus und sind mit Narben geradezu überzogen. Einige haben sehr spitze Ohren, manche eine flache, fliehende Stirn und verschlagene Augen. In einigen kann er sogar einen gewissen Blutdurst erkennen. Der Anblick dieser Leute wirkt sehr befremdlich und geradezu angsteinflößend.

»Wen bringst du uns da?«

Ein alter Mann, der sehr gebückt geht und stark behaart ist, drängt sich durch die Menge. Seine Hände reichen beinahe bis zum Boden und sind riesig. Eine große Narbe zieht sich über seinen Kopf, scheinbar bis zu seinem Rücken. Er begutachtet Henry genau und beginnt zu schnüffeln.

»Er sieht aus wie der Schöpfer«, sagt er zu Henrys Begleiter, »aber sein Geruch ist anders. Wer ist das?«

»Mein Name ist Henry und wir haben uns zufällig getroffen.«

»Er war im Haus der Schmerzen«, sagt der Begleiter.

Bei diesen Worten schnappen die Anwesenden nach Luft. Offenbar haben sie einen Schreck bekommen. Einige beginnen zu murmeln und zu tuscheln.

»Warst du etwa auch dort?«, fragt der Behaarte mit bösem Unterton.

»Ja, das war ich. Ich suchte den Schöpfer.«

»Kennst du nicht die Gesetze?«, er hebt die Arme und beginnt die Gesetze wie ein Gebet zu zitieren, »Du sollst nicht am Schöpfer zweifeln«

Die Umstehenden antworten umgehend auf jeden Satz: »So ist das Gesetz.«

»Du sollst nicht auf vier Beinen gehen.«

»So ist das Gesetz.«

»Du sollst kein Fleisch essen.«

»So ist das Gesetz.«

»Du sollst keine anderen Menschen töten.«

»So ist das Gesetz.«

»Du sollst nicht deinen Trieben nachgeben.«

»So ist das Gesetz.«

»Du sollst nicht das Haus der Schmerzen betreten.«

»So ist das Gesetz.«

»Wenn du das Gesetz brichst, so wird der Schöpfer dich bestrafen.«

»Ich kenne das Gesetz«, antwortet der Angeklagte, »Aber ...«

»Schweig! Du kennst das Gesetz und hast es dennoch gebrochen. Der Schöpfer soll dich dafür bestrafen. Du sollst im Loch auf deine Bestrafung warten. Bringt ihn weg.«

Zwei große Männer mit langen, spitzen Gesichtern treten hervor und packen ihn an den Armen.

»Wartet! Hört mich vorher an! Wir wurden belogen!«

»Kein Wort!«, ruft der Gebückte.

Obwohl er versucht sich zu wehren, sind die Männer die ihn festhalten unnachgiebig und zerren ihn ohne große Anstrengung davon. Henry ist erstaunt über die pure Kraft dieser Leute. Nachdem der Gesetzesbrecher weggebracht wurde, wendet der Alte sich an Henry.

»Und du. Warum warst du im Haus der Schmerzen?«

»Ich war nicht freiwillig dort. Jemand hat mich entführt und dort eingesperrt. Es war jemand, der nichts Gutes im Schilde führt. Ich weiß nicht, ob er ein Feind eures Schöpfers ist, vielleicht hat er sich auch als sein Freund ausgegeben und hat vor, ihn zu verraten. Aber ihr solltet euch vor diesem Mann vorsehen.«

Der Alte kratzt sich am Kinn. Er mustert Henry erneut. Dann sieht er auf Hyde, der auf dem Boden liegt, seit ihr Begleiter abgeführt wurde. Der Alte beugt sich nieder und betrachtet sein Gesicht.

»Was ist mit ihm? Er sieht nicht aus wie du. Aber er ist keiner von uns.«

»Das«, beginnt Henry, »ist eine längere Geschichte. Aber er ist ein Freund. Er wurde von dem selben Mann entführt und festgehalten wie ich.«

»Nun gut. Wir müssen den Schöpfer fragen, was mit dir zu tun ist. Du wirst ihm gegenübertreten und er wird entscheiden, ob du die Wahrheit sagst.«

»Da du den Schöpfer erwähnst … Ihr habt gesagt, ich sehe ihm ähnlich. Ist das wahr? Ich kenne euren Schöpfer nicht. Kannst du mir mehr über ihn erzählen?«

»Der Schöpfer ist der Herrscher dieser Insel. In seinem Haus der Schmerzen hat er uns gemacht. Nur durch ihn sind wir, was wir sind. Aber sobald wir sind, dürfen wir es nicht mehr betreten. Wer es doch tut, der wird bestraft. Der Schöpfer jedoch kommt und geht, wie es ihm beliebt. Manchmal ist er wochenlang nicht da, und wenn er zurück kommt, dann ist er in seinem Haus und macht mehr von uns. Wir sehen ihn nur selten. Meistens holt er dann die zu sich, die bestraft werden sollen.«

Henry denkt nach, bevor er antwortet. Diese Leute sind ihrem Schöpfer so ergeben, dass er seine Worte gut überlegen sollte. Er verspürt Angst bei ihrem Anblick und bei dem Gedanken an ihre Kraft, die sie bereits demonstriert haben. Wenn sie in dieser Burg *erschaffen* wurden, dann hat Gray sicher auch damit etwas zu tun. Ob er selbst der Schöpfer ist? Wohl kaum. Schließlich sieht er Henry doch gar nicht ähnlich. Vielleicht hat er auch einen Handlanger, den er benutzt, so wie er es mit Hyde getan hat. In diesem Fall könnte er versuchen mit ihm zu reden, ihn auf seine Seite zu ziehen. Wenn der Schöpfer und diese Leute hier auf seiner Seite wären, dann hätte Gray sicher keine Chance mehr. Er muss sich erklären. Henry will unbedingt wissen, wieso er hier ist, in dieser seltsamen Welt, in der Monster existieren. Warum hat Gray ihn hierher gebracht?

»Ich bin damit einverstanden, euren Schöpfer zu treffen«, sagt er schließlich, obwohl etwas in ihm widerstreben will. Einerseits will er sich die Unterstützung dieser Leute sichern, aber andererseits fühlt er sich so unwohl in ihrer Nähe, dass er am liebsten sofort fliehen würde. Die Art wie sie ihn anstarren, macht ihm Angst. Er hat das Gefühl, einige wollen ihn auf der Stelle in der Luft zerreißen. Als wäre da etwas Animalisches in ihnen, das jeden Moment herausbricht.

»Schön. Dann bist du uns willkommen, bis er eintrifft. Aber du musst dich an die Gesetze halten. Ansonsten wirst du auch in das Loch geworfen und wartest dort.«

Henry nickt, dann fragt er: »Und was ist mit meinem Freund?«

Der Alte sieht auf Hyde.

»Wir werden ihn in eine Hütte legen, bis er

120

aufwacht.«

Zwei Leute treten hervor und tragen ihn weg. Dann führt der Alte Henry zu einer Hütte am Rand der kleinen Siedlung.

»Hier kannst du schlafen und dich ausruhen. Du darfst dich im Dorf aufhalten, aber gehe nicht in den Wald. Es ist gefährlich dort. Ganz besonders Nachts. Wir werden dir Früchte und Wurzeln bringen, wenn du hunger bekommst.«

»Vielen Dank für eure Gastfreundschaft«, sagt Henry und zieht sich nach einem kurzen Abschied in die Hütte zurück.

Das Innere ist sehr spärlich eingerichtet. Lediglich ein wenig Stroh in einer Ecke als Nachtlager und ein Eimer mit Wasser in einer anderen stehen bereit. In der Mitte liegt ein wenig Holz für ein Feuer, um sich zu wärmen und die Hütte in der Nacht zu beleuchten. Henry legt sich auf das Strohlager und denkt nach.

Er hat ein seltsames Gefühl. Irgendetwas stimmt hier nicht. Plötzlich fühlt er sich wie in einer Falle. Eben wollte er dieses Dorf noch als seine Verbündeten, aber langsam übermannt ihn die Angst. Ihm fällt der Mann ein, der ihn hierhergeführt hat. Er wollte noch etwas sagen, bevor er in das Loch geworfen wurde. Ob das wichtig war? Immerhin wollte er begründen, weshalb er in das *Haus der Schmerzen* gegangen ist, trotz des Verbotes.

Er wird aus seinen Gedanken gerissen, als ihm von einem Dorfbewohner eine Schale mit Früchten gebracht wird. Der Dorfbewohner hat eine große, tiefe Narbe, die irgendwo unter den Haaren über der rechten Schläfe beginnt, diagonal über sein Gesicht verläuft und irgendwo unter dem spitzen Ohr weiterläuft. Bei etwas genauerem Hinsehen bemerkt Henry, dass er unter der Narbe eine etwas hellere Hautfarbe hat, als darüber. Auch die Augenfarben unterscheiden sich. Es läuft ihm kalt den Rücken herunter.

Er bedankt sich und der Bewohner verlässt ihn wieder knurrend. Nachdem er wieder alleine ist, beschließt er, in der Hütte auf die Nacht zu warten.

Nachdem die Sonne untergegangen ist, schleicht sich Henry aus der Hütte und versichert sich, dass alle schlafen. Dann geht er vorsichtig zwischen den Hütten entlang. In der Dunkelheit fällt es ihm schwer, sich zu orientieren. Mehr als einmal bleibt er stehen, weil er ein Schnarchen aus einer Hütte hört und glaubt, gleich erwischt zu werden. Jederzeit könnte jemand aufwachen und ihn bemerken. So geht er Schritt für Schritt, quer durch das Dorf. Er versucht zu erahnen, wo sein Ziel ist, sich zu erinnern, in welcher Richtung es liegt.

Plötzlich hält er den Atem an. Er geht in Deckung. Aus einer Hütte vor ihm kommt ein Dorfbewohner aus seiner Behausung. Henry zieht scharf die Luft ein, als er bemerkt, dass der Bewohner auf allen Vieren geht! Diese Gestalt wirkt einem Tier ähnlicher als einem Menschen. Mit seinem länglichen Gesicht, seiner fliehenden, flachen Stirn und den spizen Ohren, hat er mehr von einem Wolf. Kaum steht er im Freien, hält er inne. Er schnüffelt. Dann richtet er seinen Blick in Henrys Richtung. Dessen Herz schlägt ihm bis zum Hals. Er fürchtet, dass es ihm gleich aus der Brust springt. Der Tierähnliche kommt langsam auf ihn zu. Henry will fliehen, doch seine Beine sind wie festgewachsen. Er wird sich nicht wehren können, das ist ihm klar. Nur einen Moment, bevor er Henry erreicht hat, bleibt der Wolfmann erneut stehen. Er schnüffelt in die Luft, dann rennt er, wie vom Schlag getroffen, davon.

Henry sinkt auf den Boden und seufzt erleichtert. Er braucht einen Moment, um sich von der Anspannung zu erholen. Dann geht er mit wackeligen Knien weiter. Was auch immer dieser Wolfmann gerade vorhat, es geht ihn nichts an. Das, was er sucht, ist wichtiger.

Als er an dem Loch ankommt, atmet er auf. Das Loch ist tief und der Boden kaum erkennbar, aber Henry kann ihn sehen. Der Vernarbte, der ihn hierhergeführt hat, liegt scheinbar unversehrt auf dem Boden. Seine ruhigen Atembewegungen verraten, dass er schläft.

»Hey, wach auf«, sagt Henry leise.

Er benötigt fünf Anläufe, um den Gefangenen aufzuwecken.

»Was … was ist los?«, fragt dieser verschlafen.

»Ich bin es. Henry.«

»Was willst du von mir? Mitten in der Nacht.«

»Es tut mir leid, aber ich muss mit dir reden. Und ich glaube nicht, dass die Dorfbewohner mich einfach so zu dir lassen. Deshalb habe ich mich hergeschlichen. Bevor sie dich weggebracht haben, wolltest du noch etwas sagen. Du wolltest erklären, warum du in dem Haus der Schmerzen warst. Bitte erzähle mir, was du ihnen sagen wolltest. Vielleicht kann ich dir helfen, wenn ich es weiß.«

»Aber warum willst du mir helfen? Was hast du davon?«

»Du hast mir geholfen. Und ich glaube, dass das was du zu sagen hast, wichtig ist.«

»Okay. Ich habe etwas herausgefunden. Darüber, wie wir erschaffen wurden. Vor einer Weile habe ich beobachtet, wie der Schöper mit einem Schiff auf die Insel kam. Er hatte Tiere dabei, die ich noch nie gesehen habe. Damit ist er in das Haus der Schmerzen gegangen und kam viele Tage lang nicht heraus. Er hat neue Menschen erschaffen. Menschen wie uns. Ich war neugierig, wie er das angestellt hatte, deshalb schaute ich durch ein Fenster in den Raum, in dem ich euch gefunden habe. Und da sah ich, wie er Menschen machte. Ein Tier lag auf einem Tisch und er operierte es. Es war wach und schrie vor schmerzen. Er machte einen Menschen aus ihm. Einen Menschen wie uns. Er hat uns aus Tieren gemacht!« Er beginnt zu schluchzen. »Wir sind keine Menschen.«

»Das … das ist absolut furchtbar.«

Henrys Mund wird ganz trocken, bei dem Gedanken, was diese Wesen alles durchmachen mussten. Die Vorstellung ist absolut grauenhaft. Auch wenn es diese Narben und verzerrten Körper der Dorfbewohner erklärt, macht es seine Situation nur noch angsteinflößender.

»Ich wollte in das Haus der Schmerzen gehen, um Beweise zu finden«, fährt der Gefangene fort, »damit die anderen mir glauben würden. Als ich euch gefunden habe, dachte ich, sie würden schon sehen, wie anders du bist und dass wir keine normalen Menschen sind.«

»Du hast euren Schöpfer gesehen und beobachtet. War er alleine? Oder war jemand bei ihm?«

»Nein, da war sonst niemand. Glaube ich. Draußen habe ich nur ihn gesehen.«

»Und im Labor?«

»Da habe ich ihn nicht genau gesehen. Nur kurz. Es kann sein, dass er da irgendwie … anders war. Ich weiß nicht genau.«

Henry seufzt. Das ist nicht besonders hilfreich. So kann er sich nicht sicher sein, wie weit Gray in diese Vorkommnisse involviert ist. Vielleicht war er ja im Labor und hat diese Operationen durchgeführt. Aber selbst wenn, welchen Sinn soll es haben, Tiere menschenähnlich zu machen? Will er sich eine Armee aufbauen?

Je mehr er darüber nachdenkt, desto weniger kann Henry sich einen Reim auf die Handlungen von Gray machen. Mit Sicherheit hat er einen Plan, aber was ist sein Ziel? Er hat Hyde geholfen, seine inneren Triebe zu verstärken, während auf dieser Insel Tiere zu Menschen gemacht werden. Er hat ein Mädchen, das aussieht wie seine Schwester dazu gebracht, ihn in die Irre zu führen, nur um ihn zu entführen und einzusperren. Wozu dieser Spießrutenlauf?

»Wirst du den anderen davon erzählen?«

Der Tiermensch reißt Henry aus seinen Gedanken.

»Ich denke schon. Aber ich will den Schöpfer kennen lernen. Ich muss herausfinden, ob er alleine arbeitet.«

Henry hört Schritte. Jemand kommt näher.

»Ich muss hier weg. Danke für die Antworten.«

Er springt auf und geht auf dem schnellsten Weg zu seiner Hütte zurück. Als er in seinem Nachtlager liegt, denkt er an dieses arme Wesen, das alleine in einem tiefen Loch in der Erde liegt. Und an diese grausamen Operationen, die in diesem Labor durchgeführt wurden. Wer immer dieser Schöpfer ist, der Henry so ähnlich sehen soll, scheint kein freundlicher Zeitgenosse zu sein.

Nachdem er die ganze Nacht Theorien über Grays Plan und die Identität des Schöpfers aufgestellt und wieder verworfen hat, wird das ganze Dorf durch ein markerschütterndes Gebrüll geweckt. Henry springt auf und verlässt sein Quartier. Einige der Tiermenschen rennen an ihm vorbei und er folgt ihnen. Was mag nur passiert sein?

Scheinbar hat sich das gesamte Dorf versammelt. Henry zwängt sich durch die Menge, um zu sehen, was passiert ist. Der alte Verkünder des Gesetzes steht vor den Überresten von mindestens zwei kleinen Tierkadavern. Augenscheinlich waren das mal Hasen gewesen, die aussehen, als hätte ein wildes Tier sie gerissen. Der Alte ist wütend.

»Das Gesetz wurde gebrochen! Jemand hat diese Hasen gerissen und von ihrem Fleisch gegessen! Ihr alle kennt das Gesetz. Wer hat dagegen verstoßen?«

Das Gemurmel, das die ganze Zeit von der Menge kam, verstummt. Henry sieht sich unauffällig um. Einige Tiermenschen sehen auf den Boden oder auf die Kadaver. Ein paar sehen sich auch ängstlich oder kritisch um. Als dann die Stimme hinter ihm ertönt, klingt sie dumpf und weit weg.

»Was ist mit dem Fremden?«

Alle drehen sich zu dem Sprecher um. Es ist der Wolfmensch, den Henry in der vergangenen Nacht gesehen hat.

»Wir kennen ihn nicht«, fährt er fort und sieht Henry mit böse funkelnden Augen an, »wer weiß, ob er sich an unsere Gesetze hält.«

Henry zittert. Bei einer direkten Konfrontation mit diesem Wolfmann würde er auf jeden Fall den kürzeren ziehen. Er muss die anderen auf seine Seite ziehen.

»Ich habe keinen Grund, mich nicht daran zu halten«, verteidigt er sich, »Ihr habt mich gut behandelt und es liegt mir fern, euch nicht den gleichen Respekt zu zollen.«

»Lügner!« Der Wolfmensch geht auf ihn zu. Henry weicht zurück.

»Du hast nur Angst, es zuzugeben. Aber ich weiß, dass du es warst.«

Lauter werdendes Gemurmel. Schweiß läuft über Henrys Stirn. Seine Handflächen werden feucht. Das Herz schlägt schneller. Niemand scheint etwas zu unternehmen. Alle sehen nur zu. Was soll er nur tun?

»Woher willst du das denn wissen?«

»Ich habe dich gesehen«, sagt er mit einem verschlagenen Grinsen.

Ohne nachzudenken, bevor er überhaupt begreift, was er da tut, wirft Henry ihm entgegen: »Du meinst, als du letzte Nacht auf allen Vieren aus deiner Hütte gekommen bist und durch die Gegend geschnüffelt hast, wie ein Tier?«

Stille.

Alle Augen sind auf die beiden Streitenden in der Mitte gerichtet. Es kommt Henry vor, als würde die Zeit einen Moment stillstehen. Der Wolfmensch sieht ihn erstaunt an, bevor die blanke Wut in seinen Gesichtszügen sichtbar wird. Wie in Raserei brüllt er und springt auf Henry zu. Der kann sich gerade rechtzeitig wegducken. Zwei andere Tiermenschen stürmen auf den Wolfmensch und versuchen ihn aufzuhalten, doch er reißt sich sofort los.

»Das Tier in ihm bricht durch!« Henrys Ruf ist eher ein Schrei nach Hilfe, als eine Information für die Umstehenden.

Weitere Tiermenschen versuchen den Wolfmensch unter Kontrolle zu bringen. Doch in seiner Raserei ist er nicht mehr zu stoppen. Er wirft jeden zu Boden, der sich ihm in den Weg stellt. Henry fühlt sich völlig hilflos. Ein Tiermensch, der wahrscheinlich aus einem Tiger oder einer anderen großen Raubkatze gemacht worden ist, wirft sich auf den Wolfmensch und kann ihn zu Boden reißen. Beide rappeln sich auf. Der Wolfmensch bleibt auf vier Beinen stehen. Sie knurren und fauchen sich an.

»Beruhige dich, Bruder! Du hast gegen das Gesetz verstoßen, aber wenn du nicht aufhörst, machst du es nur noch schlimmer«, versucht der Tigermensch ihn zu beschwichtigen.

Doch der Wolf springt ihn an und versucht seine Zähne in seine Kehle zu bohren. Der Tiger hält einen Arm schützend hoch, wodurch der Wolf ihm in diesen beißt. Als Antwort brüllt der Tiger vor Schmerz, bevor er mit der anderen Faust ausholt. Er schmettert sie seinem Gegner in den Magen, woraufhin dieser loslässt und laut aufheult.

Der Kampf wird von einem lauten Knall unterbrochen. Einen Moment später sinkt der Wolf zu Boden und bleibt liegen. Er rührt sich nicht mehr. Jemand hat ihn offensichtlich erschossen. Henry sieht sich um. Am Waldrand auf einer kleinen Anhöhe steht jemand. Henry traut seinen Augen kaum. Es sieht aus, als würde er selbst dort oben stehen. Die Tiermenschen um ihn herum gehen auf die Knie und verbeugen sich vor ihrem Schöpfer.

Nur der Verkünder des Gesetzes wagt es, ihn anzusprechen.

»Schöpfer! Ihr seid hier. Willkommen in unserem bescheidenen Dorf. Wir haben euch erwartet.«

Der Schöpfer geht mit langsamen, aber gezielten Schritten auf seine Untertanen zu. Sein Gesicht ist ausdruckslos. Er wirkt, als würden ihn die Ereignisse eigentlich nichts angehen. Der Alte will auf seinen Herrn zugehen, doch der hebt die Hand und macht ihm deutlich, dass er stehen bleiben und schweigen soll. Seine Aufmerksamkeit gilt einzig und allein Henry. Die augenscheinlichen Zwillinge stellen sich voreinander auf und sehen sich tief in die Augen. Die Spannung ist beinahe greifbar. In Henrys Gedanken spielen sich alle möglichen Szenarien ab, die nun folgen könnten. Von einem vernünftigen Gespräch, in dessen Verlauf sie sich verbünden bis hin zu einer einfachen Anweisung an die Tiermenschen, ihn hinzurichten. Doch dann lächelt der Schöpfer plötzlich und breitet die Arme aus.

»Henry Bates! Ich habe mich schon darauf gefreut, dich kennen zu lernen. Ich habe so viel von dir gehört.«

Nach einem Moment der Verwirrung antwortet Henry: »Nun, das kann ich nur zurück geben. Ich war sehr gespannt darauf, Sie zu treffen.«

»Oh, bitte sag du zu mir. Es ist sehr gut, dass wir uns endlich sehen. Wir haben viel zu besprechen. Entschuldige mich nur einen Moment, ja?«

Der Schöpfer wendet sich an das Tiervolk.

»Nun, ihr habt gesehen, was passiert, wenn ihr das Gesetz brecht«, sagt er und deutet auf den toten Wolfmenschen, »das soll euch eine Lehre sein. Geht ihn begraben. Ich werde wieder kommen, wenn ich meine Anliegen mit Mister Bates geregelt habe.«

Er legt seinen Arm und Henrys Schultern und führt ihn weg vom Tiervolk und hinein in den Wald.

»Es ist so faszinierend«, sagt er, als sie schon einige Entfernung zwischen sich und die Lichtung gebracht haben, »wir könnten wahrlich Zwillinge sein. Und dabei sind wir uns bis heute nie wirklich begegnet. Aber ich wusste, dass wir uns irgendwann treffen würden. Trotzdem … wie bist du denn hier auf die Insel gekommen? Das ist noch ein Rätsel für mich.«

»Ehrlich gesagt, bin ich nicht freiwillig hier. Und ich weiß auch nicht genau, wie ich hierher gekommen bin. Aber ich weiß, ich bin in Gefahr und du möglicherweise auch.«

»In Gefahr? Du kannst mir glauben, auf dieser Insel gibt es für uns nichts Gefähliches?«

»Ernsthaft? Was ist mit diesem Wolf, der mich angegriffen hat? Ich weiß, dass du versuchst aus Tieren Menschen zu machen, aber ihre Natur lässt sich nicht dauerhaft unterdrücken.«

»Nun, wie es in der Wissenschaft so ist, gelingt nicht jedes Experiment. Das mit dem Wolfmenschen war bedauerlich, ist aber nicht weiter besorgniserregend. Die meisten meiner Schöpfungen halten sich an die Gesetze, die ich ihnen auferlegt habe. Das beinhaltet auch, dass sie sich von meinem Labor fernhalten. Und falls doch einer von ihnen seine Triebe nicht zügeln kann, dann habe ich immer noch mein Gewehr.« Er hält seine Waffe hoch.

»Selbst, wenn du Recht hast, ich rede eigentlich nicht von diesen … Tiermenschen.«

»Wovon dann?«

»Kennst du einen Mister Gray?«

Der Schöpfer bleibt stehen. Seine Miene hat sich verfinstert. Dann schüttelt er den Kopf, setzt wieder ein breites Grinsen auf und geht weiter.

»Wir sollten hier nicht darüber sprechen. Lass uns erst einmal reingehen. Da lässt es sich besser unterhalten.«

Nur ein paar Schritte später kann Henry bereits das Labor sehen. War der Weg, den sie gestern zum Dorf genommen haben nicht viel länger? Haben sie eine Abkürzung genommen? Er hat ein seltsam mulmiges Gefühl. Er sollte diesem Schöpfer auf keinen Fall vertrauen.

»Wie ist eigentlich dein Name?«, fragt Henry, während sie die Burg betreten.

»Ach, Namen sind doch Schall und Rauch. Komm mit, ich muss dir etwas zeigen.«

»Wirst du keine meiner Fragen mehr beantworten?«

Der Schöpfer hält inne. Er dreht sich zu Henry um. Sein Gesicht zeigt, dass er angestrengt nachdenkt. Dann sagt er »nein« und geht mit schnellen Schritten weiter.

Henry verdreht die Augen. Er kann kaum glauben, dass er sich schon wieder auf eine solche Situation einlässt. Eigentlich sollte er sich umdrehen und gehen. Aber etwas in ihm schreit danach, diesem Schöpfer zu folgen, der, seit sie den Wald betreten und wieder verlassen haben, immer alberner zu werden scheint. Mittlerweile tanzt er förmlich durch die Gänge, sichtlich vergnügt und voller Vorfreude, Henry sein Geheimnis zu zeigen.

Nachdem sie eine Treppe nach oben genommen haben, bleibt der Schöpfer plötzlich vor einer Tür stehen. Er sieht seinen Gast an, lächelt, öffnet die Tür, betritt das Zimmer und lässt die Tür dann wieder vor Henrys Nase ins Schloss fallen. Dieser seufzt.

»Was soll das?«, fragt er sich.

Er atmet tief ein, bereit endlich ein Geheimnis zu lüften.

Seit seinem letzten Blackout ist einige Zeit vergangen. Er denkt daran zurück, was er alles erlebt hat, seit er Gray getroffen hat. Und was auch immer hinter dieser Tür passiert, cr ist sich sicher, es wird ihm einiges erklären.

Henry öffnet die Tür und betritt den Raum.

Der Raum ist stockdunkel. Die Wände werden komplett von der Dunkelheit verschluckt, so dass es aussieht, als wäre vor Henry nur ein unendliches Nichts. Ein paar Schritte vor ihm fällt durch ein kleines Deckenfenster Licht hinein. Der Schöpfer steht mitten in dem Lichtkegel. Er hat sich der Tür und Henry zugewandt. Durch das harte Licht sehen seine Gesichtszüge geradezu dämonisch aus. Nichts erinnert mehr an den albernen, fröhlichen Mann, der eben durch die Gänge getanzt ist. Seine Augen funkeln aus den Schatten ihrer Höhlen.

»Komm nur näher, Henry«, sagt er mit tiefer Stimme.

Er ist vollkommen ruhig. Henry geht einen vorsichtigen Schritt auf ihn zu.

»Was soll das hier? Was ist das für ein Raum? Und wieso sollte ich hierher kommen?«

Der Schöpfer macht einen Schritt nach hinten und verschwindet halb im Schatten. Aus diesem schiebt sich ein großer, ovaler, prachtvoll verzierter Rahmen ins Licht. Der Rahmen ist leer, Henry sieht den Arm des Schöpfers dahinter.

»Komm her. Sieh in den Spiegel. Sieh dein Gemälde.«

»Was soll das bedeuten?«, murmelt Henry und kommt näher.

Als er vor dem Rahmen steht, stellt sich der Schöpfer auf der anderen Seite in exakt die selbe

Position. Es sieht nun so aus, als wäre er Henrys Spiegelbild.

»Lass das«, sagt Henry wütend, »Ich habe keine Lust mehr auf deine Spielchen.«

Sein Gegenüber imitiert jedes Wort von ihm, spiegelt jede Geste, doch er bleibt stumm. Henry hebt die Hand und will durch den Rahmen nach ihm greifen. Wieder spiegelnde Bewegungen. Doch als sich ihre Hände berühren, fühlt es sich nicht wie eine Hand. Eher gläsern und glatt. Er nimmt die Hand weg und erkennt leicht seine Fingerabdrücke auf der Scheibe. Der Rahmen ist wohl doch nicht leer. Ist das Glas?

Henry geht an dem Rahmen vorbei und schaut dahinter. Zu seiner Überraschung ist von dem Schöpfer nichts mehr zu sehen. Der Rahmen ist auch nicht mehr leer, da ist tatsächlich die Rückwand eines Spiegels. Er geht wieder nach vorn und sieht sein Spiegelbild. Aber in den Augen des Bildes ist etwas, das ihn irritiert. Bei einer genauen Betrachtung, scheinen die Augen eine andere Farbe zu haben, als seine eigenen.

»Buh!«

Henry springt vor Schreck zurück. Das Spiegelbild grinst plötzlich breit. Dann lacht es. Hörbar. Während Henry sich noch fragt, wie das möglich ist, hält sich sein Doppelgänger am Rahmen fest und tritt aus dem Spiegel. In dem Moment, als es diesen Verlässt, verändert es auch sein Aussehen. Der Doppelgänger trägt einen dunklen Anzug und einen Zylinder. Darunter sind einige schwarze Strähnen zu sehen. Henrys Augen verengen sich zu wütenden Schlitzen, als er das veränderte Gesicht des Mannes erkennt, der da aus dem Spiegel tritt.

»Gray«, zischt er.

Am liebsten würde er ihn sofort anspringen und ihm die Zähne ausschlagen, noch bevor er die Gelegenheit hat, etwas zu sagen. Aber er hat ihn schon einmal unterschätzt und das darf nicht noch einmal passieren.

»Ach, Henry. Es ist so schön, dich zu sehen.«

Henry schnaubt verächtlich. »Sprich nur für dich selbst.«

»Eine solche Verachtung … ich finde nicht, dass ich das verdient habe. Nach allem, was ich für dich getan habe.«

»Für mich getan? Du hast mich reingelegt und eingesperrt! Du hast mich in eine Falle gelockt! Du wolltest, dass ich für dich zum Mörder werde. Wahrscheinlich nur, um deine eigenen Spuren zu verwischen!«

Gray breitet die Arme aus.

»Alles was ich getan habe, war zu deinem Wohl! Dass du das alles durchmachst, war wichtig! Und absolut notwendig.«

»Du denkst doch wohl nicht, dass ich dir auch nur ein einziges Wort glaube, oder? Nichts von dem, was du mir versprochen hast, konntest du einhalten.«

»Nun, ich bin auch noch nicht fertig mit dir.«

»Aber ich bin fertig mit dir!«

Henry holt aus und zielt mit seinem Schlag direkt in Grays Gesicht. Doch bevor seine Faust ihr Ziel trifft, hat er sich in Luft aufgelöst.

»So wird das nichts, Henry. Du kannst mich nicht verletzen.«

»Was soll das alles? Wieso tust du mir das an?«

»Ich habe versucht, dich zu beschützen!«

Gray tritt hinter dem Spiegel hervor. Statt seinem koketten Lächeln, ist jetzt ein wütender Gesichtsausdruck zu erkennen. Er nimmt seinen Zylinder ab, lässt ihn fallen und nimmt Henrys Gesicht in beide Hände.

»Ich weiß, dass du das noch nicht verstehst, aber alles was du erlebt hast, hat einen Zweck. Den Zweck dich vor einem großen Unheil zu bewahren.«

Henry schlägt seine Hände weg und wendet sich von ihm ab.

»Ich musste dich reinlegen. Damit ich dir zeigen kann, worum es geht. Nur damit du bereit bist, die Wahrheit zu erkennen.«

»Und von welcher verdrehten Wahrheit sprichst du?«

»Du irrst schon so lange durch die Welt, ohne zu wissen, was tatsächlich um dich herum passiert. Du verschließt die Augen und nennst es Blackout oder Erinnerungslücken. Stattdessen erzählst du dir selbst Lügen, um damit klar zu kommen. Zugegeben, es ist nicht gänzlich deine Schuld. Aber ich glaube, es ist an der Zeit, dass du die Wahrheit über dich selbst erfährst.«

»Du redest so einen Irrsinn. Komm endlich auf den Punkt.«

Gray grinst wieder.

»Mach du doch endlich die Augen auf. Denk nach. Seit wir uns getroffen haben, was hast du hier erlebt? Glaubst du, irgendetwas von dem, was vorgefallen ist, wäre Zufall?«

»Ehrlich gesagt … nein. Seit ich dich getroffen habe, war mir klar, dass du alles einfädelst, nur um mich zu manipulieren.«

»Um dich bereit zu machen, deine Erinnerungslücken zu füllen. Du hast dich doch schon an so vieles erinnert, seit du sie alle getroffen hast. Denk doch mal drüber nach.«

Henry will etwas erwidern, doch er hält inne. Was hat er nicht alles erlebt in den letzten Tagen? Dorothy, Griffin, Hyde, das Tiervolk. Immer wieder kamen Erinnerungsfetzen zurück.

»Ich habe sie nicht zufällig ausgewählt. Ist dir denn nie aufgefallen, wie ähnlich ihre Geschichten den deinen sind? Sie haben eine Verbindung zu dir, die du dir noch nicht vorstellen kannst. Du hast als Kind deine Schwester verloren, die in diesem Wald genauso verängstigt war, wie die kleine Dorothy. Und weil du dir selbst die Schuld gegeben hast, hast du die Erinnerung an all diese Geschehnisse verdrängt. Warum hast du dir denn die Schuld gegeben, Henry?«

»Das … ich … ich habe nicht auf sie aufgepasst. Wir haben gespielt und ich habe sie in diesem Sturm verloren. Das habe ich dir doch schon erzählt.«

»Ja, das hast du erzählt. Aber das war noch nicht alles.«

»Wie meinst du das? Woher willst du wissen, was sonst passiert ist?«

»Das weißt du bereits. Du musst es dir nur noch eingestehen. Denk nach. Was war das letzte, das du von deiner Schwester gesehen hast. Von der kleinen Dorothy.«

Henry senkt den Blick. Wovon redet Gray? Was könnte er vergessen haben? Er versucht sich an den Tag zu erinnern.

Seine Schwester trug dieses blaue Kleid, das so gar nicht zu ihren feuerroten Haaren passte. Der Tag war heiter, der Himmel blau und frei von Wolken. Ihre Eltern hatten das Haus schon früh verlassen und Henry wusste, dass sie bis zum späten Nachmittag nicht zurückkommen würden. Im Laufe des Tages spielten die Kinder Verstecken. Da das Haus direkt am Waldrand stand, verlegten sie das Spiel schon bald zwischen die Bäume.

Zur Mittagsstunde zogen dunkle Wolken auf und es bahnte sich ein Gewitter an. Henry suchte Dorothy, die sich gerade versteckte und wollte sie zurück ins Haus holen. Er durchforstete jeden Winkel des Waldes, den er kannte. Obwohl er sie unbedingt finden wollte, hatte er Angst, sich zu verlaufen. Er schrak zusammen, als er den Donner hörte. Durch die Baumwipfel konnte er einen Blitz sehen, der den Himmel erhellte. Der darauf folgende Platzregen brauchte wohl keine Minute, um den Waldboden in weichen Matsch zu verwandeln. Dennoch lies Henry sich zunächst nicht davon abbringen, weiter nach seiner kleinen Schwester zu suchen. Er verließ das Gebiet, in dem er sich auskannte und lief tiefer in den Wald hinein. Seine Füße versanken mit jedem Schritt im Matsch. Er rief nach Dorothy. Dann hörte er einen markerschütternden Schrei. Sofort versuchte er in die Richtung zu rennen, aus der dieser Schrei zu kommen schien, doch der Boden zog an seinen Füßen. Die Muskeln in seinen Beinen brannten schon nach wenigen Schritten. Viel zu langsam näherte er sich seinem Ziel. Der Schrei musste von Dorothy gekommen sein. Sie schrie noch zwei Mal, bevor Henry sie erreichte.

Sie war im Matsch ausgerutscht und in ein Loch gefallen. Durch den feuchten Boden und den weiter fallenden Regen, war es ihr unmöglich, wieder hinauszuklettern. Verzweifelt rief sie nach Henry. Als er sie erreichte, legte er sich auf den Boden und streckte ihr die Hand entgegen, doch sie konnte ihn nicht erreichen. Das Loch war zu tief. Immer wieder sprang das kleine Mädchen nach oben und versuchte sich irgendwo festzuhalten, und immer wieder rutschte sie wieder runter. Der Regen prasselte derweil unnachgiebig auf sie ein. Langsam füllte sich das Loch mit Wasser. Es stieg ihr bereits bis zu den Knien. Henry sah sich nach einem Ast um, der stabil und lang genug war, damit er sie damit hinausziehen könnte. Er fand einen, stürmte darauf zu, hob ihn auf und streckte ihn Dorothy entgegen. Sie umfasste den Ast, er begann zu ziehen. Doch das Holz hielt der Belastung nicht stand und brach. Das Mädchen fiel rücklings ins Wasser. Henry hörte das Klatschen des Aufpralls. Er sah nach unten. Seine Schwester lag regungslos am Boden. Das Wasser um ihren Kopf färbte sich dunkel. Henry schrie ihren Namen, wollte dass sie die Augen wieder öffnete. Doch das tat sie nicht. Er blieb auf der Stelle sitzen und weinte. Sein Tränen vermischten sich mit dem Regen, der nun nachließ. Er verlor jegliches Zeitgefühl, alles wirkte plötzlich so unwirklich.

Es war bereits dunkel, als ihr Vater sie fand.

»Ich war da«, sagt Henry, während er mit leerem Blick auf den Boden starrt. »Sie starb direkt vor meinen Augen.«

Tränen steigen in seine Augen.

»Ja, du warst da. Und du konntest nichts dagegen tun«, sagt Gray mit ruhiger Stimme. »Das war der Tag, an dem sich dein ganzes Leben geändert hat. Von da an warst du nie wieder der selbe. Und deine Eltern haben dir auch nicht geholfen.«

»Meine Eltern?«

Henry erinnert sich daran, dass sie ihm die Schuld gaben. Und sie hatten Recht. Es war seine Verantwortung, auf Dorothy aufzupassen. Und er hatte sie sterben lassen.

»Du warst ein Kind! Es war ein Unfall! Mit welchem Recht gaben sie dir die Schuld? *Sie* haben euch doch alleine gelassen«, sagt Gray wütend, »Und du hast ihnen einfach geglaubt. Natürlich hast du das, sie waren deine Eltern. Wenn sie sagten, dass du ein schlechter Mensch bist, dann musstest du ihnen glauben. Erinnerst du dich noch daran, was sie dann getan haben?«

Henry blickt Gray in die Augen. Er kann kaum einen klaren Gedanken fassen. Wie konnte er nur vergessen, was er getan hatte? Diese Schuld. Wie konnte er sie nur verdrängen?

»Henry! Konzentrier dich«, sagt Gray mit Nachdruck, »Was ist danach passiert?«

Er legt seine Hand auf Henrys Stirn. Als würde sich ein Knoten lösen, oder ein Damm brechen, stürzen weitere Erinnerungen auf ihn ein.

Sein Vater schrie ihn an. Er machte Henry für den Tod von Dorothy verantwortlich. Aber Henry war wie gelähmt. Alles erschien im blasser und leiser. Er spürte den Aufprall der Handfläche kaum. Die Ohrfeige hinterließ keinen Eindruck. Eine alles umfassende Leere breitete sich in ihm aus. Er konnte die Schläge seines Vaters wahrnehmen. Die Wut in seinen Augen sehen. Aber sein eigenes Gesicht blieb ausdruckslos. Er fühlte nichts mehr.

Nachdem sein Vater sich an ihm abreagiert hatte, begann er zu weinen. Seine Mutter kauerte in einer Ecke. Sie schien ebenso wenig zu begreifen, was passiert war, wie Henry.

Wieso konnte ich mich nicht mehr daran erinnern, denkt Henry.

»Du hast das alles verdrängt. Die Erinnerungen weggesperrt. Um dich selbst zu schützen. Du warst nicht stark genug, um damit fertig zu werden«, sagt Gray ruhig, »aber jetzt ist es an der Zeit, dass du dich wieder erinnerst.«

»Woher weißt du so viel über mich?«

»Dazu komme ich noch, keine Sorge. Aber jetzt musst du erst einmal deine Erinnerung wieder herstellen. Weißt du noch, was passiert ist, nachdem deine Eltern dich wegschickten?«

Henry denkt nach. Sie schickten ihn weg?

Es muss einige Jahre nach dem Tod seiner Schwester gewesen sein, als er in dem Waisenhaus lebte. Er hatte sich davon noch immer nicht erholt. Im Haus hatte er keine Freunde und er bemühte sich auch nicht um welche. Zwar konnte er wieder Emotionen zeigen und fühlen, aber Freude kam nur selten auf. Meistens fühlte er Schmerz, Verzweiflung oder Angst. Er hatte Angst davor, ein schlechter Mensch zu sein. Und noch mehr fürchtete er sich vor zwei älteren Kindern, die ihm das Leben schwer machten. Sie hatte wohl davon gehört, was passiert war und gaben ihm ebenfalls die Schuld. Weil sie ihn auch für eine Art Monster hielten, verprügelten sie ihn oft. Egal, wo er hinging, oder wen er traf, die

Leute mieden ihn und er fühlte sich immer wie ein Ausgestoßener.

»Nein, nein, nein«, unterbricht Gray seinen Gedankengang, »da stimmt was nicht.«

Er geht auf und ab, schüttelt den Kopf und verschränkt die Arme vor der Brust.

»Entschuldige Henry, da habe ich etwas durcheinander gebracht.«

»Du? Wie meinst du das?«, fragt Henry verwirrt.

»Ich bin mir noch nicht sicher. Erinner du dich weiter. Ich komme schon noch drauf.«

»Was soll das denn miteinander zu tun haben?«

Gray sieht Henry genervt an.

»Weißt du, dass du echt anstrengend sein kannst? Wir sind doch schon beinahe am Ende. Du bist so nah dran. Gib jetzt nicht auf.«

»Wieso kannst du mir nicht einfach sagen, was du zu sagen hast?«

»Weil du es sonst nicht verstehst. Meine Güte, wie oft müssen wir das denn noch ausdiskutieren? Mach jetzt einfach weiter bei deinen Experimenten.«

»Experimente?«

Plötzlich prasseln weitere Erinnerungen auf Henry ein. Doch diesmal sind sie wie einzelne Fragmente, die vor seinem geistigen Auge aufflimmern.

Henry steht vor einem Tisch mit Gläsern, die gefüllt sind mit verschiedenen Flüssigkeiten. Dann blitzt das Bild eines sezierten Frosches auf. Plötzlich steht er hinter Gittern. Er hat eine Spritze in der Hand. Dann trägt er eine Zwangsjacke. Noch viel mehr Bilder ziehen vorbei, doch sie sind so schnell, dass er sie nicht auseinanderhalten kann. Schließlich liegt eine sezierte Leiche zu seinen Füßen.

»Was zur Hölle war das?«, fragt Henry keuchend.

»Zu schnell? Entschuldige. Ich bin etwas … aufgeregt.«

»Diese Bilder. Die Erinnerungen. Das können unmöglich meine sein.«

Unweigerlich muss Henry an Hyde denken. Der hat Experimente durchgeführt. Aber er selbst? Das ist doch gar nicht möglich.

»Warum glaubst du, hast du diese Personen getroffen?«

»Wen meinst du?«

»Jetzt stellst du dich aber absichtlich dumm, oder? Dorothy, Griffin, Hyde … Mich! Ich sagte dir doch, dass das alles keine Zufälle waren!«

»Ja, du hast das alles eingefädelt. Aber warum?«

»Weil du ihre Geschichten teilst. Alles was dir wiederfahren ist, ist ihnen auch passiert. Zumindest so ähnlich. Du hast all diese Dinge vergessen, verdrängt. Und seit du sie getroffen hast, kamen einige Erinnerungen zurück. So konntest du dich damit auseinandersetzen. Darum ging es. Kapierst du es endlich?«

»Moment. Woher weißt du das eigentlich alles

über mich?«

»Ich habe dich immer beschützt. Seit du Dorothy verloren hast, war ich da. Ich bin nie von deiner Seite gewichen.«

»Du redest schon wieder so einen Unsinn.«

»Ach ja? Und welche Erklärung hast du dafür, dass ich dich besser kenne, als du dich selbst?«

»Du weißt vielleicht von meinen Blackouts und von meiner Schwester. Und möglicherweise konnte ich mich deinetwegen wirklich an einige Dinge erinnern, die ich vergessen habe, aber deswegen kennst du mich noch lange nicht.«

»Ich weiß, dass es dir schwer fällt, mir zu vertrauen. Aber ohne mich hättest du nicht überlebt. Ob du es glaubst oder nicht, du brauchst mich.«

»Jetzt hör aber auf! Dein Gerede macht mich krank.«

Gray will etwas erwidern, doch er hält inne. Er schlägt sich mit der flachen Hand gegen die Strin.

»Was ist jetzt schon wieder los«, will Henry wissen.

Gray lächelt ihn an.

»Ich weiß jetzt, was ich eben durcheinander gebracht habe. Jetzt sollte es wieder stimmen.«

Er streckt den Zeigefinger aus und tippt Henry auf die Stirn.

»Was soll …«

In diesem Moment beginnt die Stelle zu kribbeln. Es breitet sich über den ganzen Kopf und dann über seinen gesamten Körper aus. Dann ordnen sich seine

146

Erinnerungen neu.

Nachdem Dorothy starb, prügelte Henrys Vater auf ihn ein. Es war wahrscheinlich die einzige Möglichkeit für ihn, diesen Verlust zu verarbeiten. Seine Eltern gaben ihm nicht nur die Schuld an ihrem Tod, sie glaubten sogar, er hätte sie eigenhändig getötet. Sie dachten, er wäre durchgedreht. Deshalb gaben sie ihn auch weg. Henry dachte, sie schickten ihn in ein Heim, doch der Ort an den sie ihn brachten, war etwas anderes. Es war kein Heim, in dem er andere Kinder kennen lernte, denen es ähnlich ging wie ihm. Dort waren nur Erwachsene. Sie steckten ihn in eine Jacke und warfen ihn in einen kleinen Raum.

»Ein Irrenhaus!«
Henry ist von seinem Ausruf selbst überrascht.
»Ruhe«, wendet Gray ein, »es geht weiter.«

Henry landete nicht in einem Waisenhaus, sondern in einer Anstalt für Geisteskranke. Seine Eltern ließen ihn abholen, weil sie ihn für einen Mörder ohne Gewissen hielten. Aber Dorothys Tod belastete ihn so sehr, dass er sein Gewissen scheinbar gelähmt hatte, um seine Schuldgefühle zu unterdrücken. Die älteren Jungs, die ihn tyrannisierten, waren eigentlich Pfleger. Sie gingen hart mit ihm um und er verstand einfach nicht genau, warum. Er war noch ein kleiner Junge. Der

Psychiater, der ihn damals behandelte redete ihm weitere Schuldgefühle ein, wollte, dass er zugibt, seine Schwester getötet zu haben. Jedes Mal, wenn er es leugnete, folgten Strafen und die beiden Pfleger führten sie aus. Es dauerte nicht lange, bis er sich überzeugen ließ, dass seinem Verstand nicht zu trauen war. Er glaubte bald selbst, dass er Dorothy getötet hatte.

Wenn er die Gelegenheit hatte, sich mit den anderen Insassen im Gruppenraum aufzuhalten, las er Bücher. Da der Psychiater mit seinem Verhalten zufrieden war, lies er es zu, dass Henry einige Bücher über Psychologie las. Es wurde als Bemühung betrachtet, dass er sich seinem Heilungsprozess widmete. Und tatsächlich wollte er auch mehr darüber erfahren, was in ihm vorging. Er lernte durch Lesen und die Gespräche mit seinem Psychiater.

Nach vielen Jahren des Studierens und der Behandlungen konnte er die Ärzte endlich davon überzeugen, dass er nun ungefährlich für die Öffentlichkeit war. Seine Bemühungen schienen Früchte zu tragen. Er hatte sich vorgenommen, selbst ein Doktor der Psychologie zu werden.

»Deshalb auch Hyde«, murmelt Henry.

»Sehr richtig. Er studierte Psychologie und Hirnchemie. So wie du es wolltest. Und er führte Experimente durch. Ebenso wie du.«

»Experimente? Was für Experimente? Und wenn

ich schon frei gekommen bin, wieso gibt es noch so viel andere Lücken in meinem Gedächtnis?«

»Eben wegen der Experimente. Du konntest nicht zulassen, dich als etwas anderes, als ein Opfer der Umstände zu sehen. Also hat dein Gehirn einen Weg gefunden, dich das alles vergessen zu lassen.«

»Aber woher weißt du das alles?«

»Ganz einfach. Weil ich dich das alles habe vergessen lassen. Ich bin du.«

»Was meinst du damit, du bist ich?«

Henry ist vollständig verwirrt. Grays Behauptung hat ihn komplett aus dem Konzept gebracht.

»Ich meine das genau so, wie ich es sagte«, entgegnet Gray, »Ich weiß alles, was du weißt, weil wir ein und die selbe Person sind. Oder sagen wir Teile der selben Person.«

»Aber das ist doch überhaupt nicht möglich. Wir können doch nicht die selbe Person sein, wenn du mir gegenüberstehst.«

Gray will etwas erwidern, doch noch bevor er zu Wort kommt, hört Henry das Holz hinter sich knacken. Er dreht sich um, und sieht zur Tür, die in der Dunkelheit kaum zu erkennen ist. In diesem Moment zersplittert die Tür und das Licht von außen fällt herein. In dem Lichtstrahl steht jemand. Eine große Silhouette ist im Türrahmen zu sehen.

»Du solltest jetzt aber nicht hier sein«, sagt Gray sichtlich überrascht.

»Und du sollst jetzt bezahlen«, sagt die Silhouette mit einer Stimme, die Henry vertraut erscheint.

»Hyde?«, fragt er.

Hyde stürmt an Henry vorbei und bekommt Gray zu fassen.

»Lass mich los, du Monster!«

»Du bist hier das Monster«, ruft Hyde und wirft Gray in den Spiegel.

Doch anstatt zu zerbrechen, scheint der Spiegel

Gray zu verschlucken. Während Henry noch ungläubig und wie angewurzelt dasteht, springt Hyde bereits hinterher. Henry bleibt alleine in der Dunkelheit zurück.

Er tritt an den Spiegel heran. Selbst bei genauem Hinsehen, wirkt er ganz normal. Doch als er eine Hand auflegen will, fühlt die Oberfläche sich irgendwie flüssig an. Henry kann die Hand durch den Spiegel durchdrücken. Es fühlt sich kühl und feucht an, doch dahinter ist die Hand wieder spürbar trocken. Er zieht sie zurück, um sie zu betrachten. Keine Veränderung. Henry atmet tief ein. Dann schiebt er erneut die Hand durch den Spiegel, schließt die Augen und anschließend folgt der Kopf seiner Hand.

Er traut sich kaum seine Augen wieder zu öffnen. Langsam heben sich die Lider. Vor ihm erstreckt sich eine weite Ebene. Es dauert einen Moment, bis ihm klar wird, wo der Spiegel hinführt. Am Horizont kann er Berge sehen. Er tritt durch den Spiegel. Keine Spur von Hyde oder Gray. Hinter ihm schwebt sein Spiegelbild einfach so knapp über dem Boden. Ohne Rahmen ist der Anblick sehr irritierend.

Plötzlich fallen ihm die Geräusche auf. Immer wieder ertönen dumpfe Schläge und Knurren oder Stöhnen. Er geht um den, in der Luft schwebenden, Spiegel herum. Gray und Hyde sind in einen erbarmungslosen, brutalen Kampf verwickelt. Henry hatte vermutet, dass Hydes Kraft ihm einen starken

Vorteil in einem direkten Faustkampf einbringen würde, ebenso wie seine Geschwindigkeit, doch Gray scheint problemlos mit ihm mithalten zu können. Er weicht beinahe jedem Schlag aus, aber wenn Hyde trifft, dann trifft er hart. Dennoch muss er für jeden Treffer einen harten Gegenschlag von Gray einstecken.

Henry ist so gebannt von dem Kampf, dass er beinahe den gelben Weg übersieht, auf dem die beiden kämpfen. Er ist wieder am selben Ort, an dem alles angefangen hat. Und er will alles beenden. Die Rätsel, diese Geschichte und vor allem den Kampf, der da vor seinen Augen abläuft. Aber er kann sich nicht dazu überwinden einzugreifen. Er könnte es mit keinem von beiden aufnehmen. Wenn er Hyde helfen wollte, würde er wahrscheinlich eher im Weg stehen und ins Kreuzfeuer geraten.

Außerdem ist er noch nicht mit Gray fertig. Was in diesem dunklen Raum passiert ist, hat ihn aufgewühlt. Er hat sich an so viel erinnert, so viel erfahren und hat doch noch so viele offene Fragen.

Hyde verpasst Gray einen schweren Kopftreffer, woraufhin dieser zu Boden geht.

»Ich werde dich töten! Für alles was du mir angetan hast«, brüllt Hyde, rasend vor Wut.

Gray spuckt einen blutigen Zahn auf den Boden und beginnt zu lachen.

»Was ich dir angetan habe? Ich habe dir doch nur gegeben, was du wolltest. Das warst alles du, du Idiot! Es waren deine Experimente, deine Ideen, dein Drang nach Wissen!«

»Du wusstest, was passieren würde! Du kanntest die Risiken, denen du mich ausgesetzt hast!«

Hyde schlägt erneut zu. Mit voller Wucht trifft er Grays Gesicht.

»Du bist das wahre Monster!«

Grays Kopf schlägt auf dem Boden auf. Er rührt sich nicht. Hyde atmet schwer. Der Kampf muss selbst an seinen Kräften gezehrt haben. Langsam richtet er sich auf und geht einige Schritte in Richtung des Tors, aus der er gekommen ist. Als er Henry sieht, hält er inne. Sie sehen sich einen Moment an. Henry ist paralysiert. Er steht wie angewurzelt da.

Seine Haut wird blass, als er sieht, dass es noch nicht vorbei ist. Hinter Hyde kommt Gray wieder auf die Beine. Grinsend wischt er sich das Blut aus dem Gesicht. Es sieht nun so aus, als wäre gar nichts passiert.

»Du hast nicht wirklich geglaubt, dass du mich so einfach totschlagen kannst, oder?«, fragt er.

»Nein. Natürlich nicht«, seufzt Hyde.

Langsam dreht er sich um.

»Also dann«, Gray zieht seine Schultern zurück und nimmt eine würdevolle Haltung an, »wollen wir weitermachen, oder gibst du auf?«

»Wir müssen weitermachen. Ich habe es verstanden.«

»Ach ja?«

Gray sieht aufrichtig überrascht aus.

»Ja«, fährt Hyde fort, »Ich weiß, dass es hier nicht um mich geht. Sondern um ihn.«

Er deutet auf Henry.

»Du bist klüger, als du aussiehst«, sagt Gray.

»Ich kann nicht zulassen, dass du ihm etwas antust. Also müssen wir weitermachen. Ich werde dich wieder und wieder töten und du wirst wieder und wieder aufstehen. Denn so kann ich dich davon abhalten, ihm oder irgendjemand anders zu schaden. Du bist das pure Böse.«

Während seiner gesamten Erklärung ist Hyde vollkommen ruhig geblieben. Henry hat den Atem angehalten. Er kann nicht begreifen, was hier vor sich geht. Gray seufzt.

»Man soll eben nicht den Tag vor dem Abend loben«, sagt er in enttäuschtem Ton, »Ich habe wirklich gedacht, du hättest es begriffen. Aber vielleicht bist du doch zu begriffsstutzig, wenn du wirklich glaubst, ich wäre der Böse in dieser Geschichte. Oder dass du mich davon abhalten kannst, Henry die Wahrheit zu erzählen. Du bist wirklich stark, das gebe ich zu. Aber ich habe die Macht, dich auszulöschen. Und wenn du mir nicht aus dem Weg gehst, dann werde ich das auch tun.«

Unvermittelt schlägt Hyde zu. Er trifft Gray mitten ins Gesicht. Dieser wird von seinen Füßen gerissen und landet wenige Meter weiter auf dem Rücken. Unbeeindruckt steht er wieder auf, während Hyde zielstrebig auf ihn zugeht. Er packt Gray an seinen Haaren und holt erneut aus. Doch als seine

Faust wieder mit wucht auf das Gesicht niederfährt, wird sie kurz vor dem Aufprall gestoppt. Gray hat ihm seine Hand entgegengehalten und hält sie nun fest.

Er richtet sich auf und löst Hydes Hand von seinen Haaren. Dann packt er ihn am Hals. Nur mit einem Arm hebt er ihn vom Boden und lässt ihn in der Luft baumeln. Er sieht ihn ernst an. Dann hat er nur ein Wort zu sagen: »Verschwinde.«

Ohne sichtbare Anstrengung wirft er Hyde rücklings in Henrys Richtung. Seine Flugbahn beschreibt einen unfassbar hohen Bogen. Erst vor Henrys Füßen kommt er zum Halt. Henry sieht zu, wie sich sein Körper verformt. Er schrumpft mit ruckartigen Bewegungen zusammen, Knochen scheinen zu brechen. Selbst sein Gesicht verändert sich. Obwohl sein Ausdruck leblos ist, sieht diese Prozedur extrem schmerzhaft aus.

Nachdem die Verwandlung abgeschlossen ist, blickt Henry in ein allzu vertrautes Gesicht; sein eigenes.

»Das muss doch ein schlechter Scherz sein«, murmelt er.

»Keineswegs«, entgegnet Gray, der inzwischen zu Henry gelaufen ist, »das ist alles andere als witzig. Er hat sich eben ziemlich geirrt, aber in einem hatte er Recht. Es geht hier einzig und allein um dich.«

Henry blickt auf sein lebloses Ebenbild, das eben noch eine bedauernswerte Kreatur namens Hyde war. Er wirkt blass, wie er so am Boden liegt. Es ist, als wäre mit dem Leben auch jegliche Farbe aus seinem Gesicht gewichen. Und er scheint auch zunehmend weiter zu verblassen. Nein, er verblasst nicht, er löst sich auf! Direkt vor Henrys Augen verschwindet die vielleicht einzige Person, die er in dieser seltsamen Welt als eine Art Freund bezeichnen könnte.

»Es ist wirklich bedauerlich«, sagt Gray, »beinahe hätte er es verstanden.«

»Was hätte er verstehen sollen? Du bist scheinbar die einzige Person auf der ganzen Welt, die versteht, was hier vor sich geht. Und mir reicht es endgültig. Wenn du mir nicht sofort erzählst, was genau du von mir willst und woher meine Erinnerungslücken kommen, wie du es versprochen hast, dann ...«

»... dann was? Was willst du tun? Abhauen? Mich umbringen? Es gibt nichts, das du tun kannst«, sagt Gray mit bedrohlichem Unterton. Dann erhellt sich seine Miene wieder.

»Aber du hast Glück. Es ist allerhöchste Zeit, dass ich dir alles zeige. Komm mit, wir müssen zuerst zurück.«

Gray geht zu dem Portal, das immer noch in der Luft steht und verschwindet darin. Henry sieht ihm nach. Sobald er da durch geht, wird es keine

Ablenkungen mehr geben. Er wird Gray dazu zwingen ihm alles zu erzählen, wenn es sein muss. Er erinnert sich an sein Abenteuer als Geisterreiter. Wenn er sich konzentriert, wird er das Feuer vielleicht wieder entfachen können. Und wenn Gray wieder versucht Spielchen zu spielen, dann wird er brennen.

Mit diesem Gedanken tritt Henry an das Portal heran. Er holt tief Luft, dann geht er wieder zurück.

Die Dunkelheit, die ihn auf der anderen Seite umfasst kommt ihm so vertraut vor, als hätte er bereits sein halbes Leben in ihr verbracht. Angesichts der Erinnerungen, die hier zu ihm zurückgekommen sind, ist das auch nicht weiter verwunderlich. Dennoch hat sich hier etwas verändert. Statt nur einem Spiegel stehen gleich fünf davon im Kreis. Ihm gegenüber, den Rücken zugewandt, steht Gray vor einem der Spiegel und sieht hinein.

»Bevor wir unterbrochen wurden, wollte ich dir erzählen, warum wir die selbe Person sind, nicht wahr?«

Henry tritt in die Mitte des Kreises. Ihm fällt auf, dass kein Spiegel ihn reflektiert.

»Ja. Was meintest du damit?«

»Was glaubst du denn, warum ich so viel über dich weiß? Ich war schon immer da. Dein ganzes Leben lang. Ich habe alles selbst miterlebt, was dir passiert ist.«

»Ich verstehe das einfach nicht.«

»Vielleicht verstehst du es besser, wenn du uns siehst.«

»Uns?«

»Hallo, Henry«, meldet sich plötzlich eine andere Stimme.

Es ist die Stimme eines Mädchens. Eine sehr vertraute Stimme. Henry dreht sich in die Richtung, aus der sie kommt. Erstaunt sieht er in einen der Spiegel. Doch statt seines Spiegelbildes sieht er jemand anderes.

»Dorothy«, flüstert er.

Sie lächelt ihn lieblos an. Es ist dieses deutlich gespielte Lächeln, das man aufsetzt, um freundlich zu wirken.

»Hast du mich vermisst?«, fragt sie mit großen Augen und Unschuld in der Stimme.

»Was geht hier nur vor?«, fragt Henry leise.

»Du konntest sie nie wirklich loslassen«, sagt Gray, »und wen würde das wundern?«

»Ich bin nicht deine Schwester, aber du hast mich gebraucht, seit du sie verloren hast. Und ich war immer da«, sagt Dorothy.

»Das muss ein Trick sein.«

»Nicht doch«, erwidert Gray, »Warum sollten wir dich reinlegen? Wir sind doch hier, weil du uns brauchst.«

»Wir alle«, sagt eine weitere Stimme.

Henry dreht sich um. Er erwartet, eine weitere Person in einem der Spiegel zu sehen. Doch der Spiegel, aus dem die Stimme kam, ist leer.

»Wer war das schon wieder?«

»Na ich. Sag jetzt nicht, du hast mich schon vergessen. Dann wäre ich echt beleidigt.«

»Moment. Griffin? Bist du das? Du bist doch tot.«

»Oh, natürlich. Du hast es noch nicht begriffen. Weißt du, wir können nicht wirklich sterben. Nicht, solange du uns noch brauchst. Nicht wahr, Hyde?«

»Hyde?«, Henry sieht sich um.

Tatsächlich steht auch Hyde in einem der Spiegel. Er hat sich wieder in diese Kreatur verwandelt.

»Es tut mir leid, Henry. Ich lag falsch. Die ganze Zeit. Ich dachte, ich wäre das Monster, die dunkle Seite. Aber ich habe mich geirrt.«

»Ich verstehe das einfach nicht«, sagt Henry.

Sein Kopf schmerzt. Die Beine zittern. Er fühlt sich schwach.

»Was wollt ihr von mir?«

»Wir beschützen dich«, sagt Gray.

»Aber wovor? Wovor zur Hölle wollt ihr mich beschützen?«

»Vor dem Schmerz. Der Wahrheit. Vor allem, was dir schadet. Aber jetzt musst du die Wahrheit leider erfahren. Du hast die Augen lange genug davor verschlossen«, entgegnet Griffin.

»All das, was dir passiert ist, war zu viel für dich«, erklärt Gray, »die Schuldgefühle, die Angst, der Schmerz. Du konntest es nicht ertragen. Dein Verstand ist damit nicht fertig geworden. Du hast deine Schwester vermisst, wolltest dich verstecken, wolltest stark sein. Und selbstbewusst. Doch du konntest es nicht. Du warst nicht dazu in der Lage. Also konntest du nur davon träumen und fantasieren.«

»Ich habe euch erschaffen«, erkennt Henry, »Das meintest du damit, als du sagtest, du seist ich. Ihr existiert nur, weil ich euch gedacht habe.«

»Endlich verstehst du«, sagt Gray mit einem Lächeln, »Wir alle sind ein Teil von dir. Deshalb beschützen wir dich."

»Aber das bedeutet doch, dass das hier alles nicht real ist, oder? Wir sind hier nur in meinem Verstand.«

»In unserem Verstand«, korrigiert Hyde, »aber es ist real. Wir spüren Schmerz, du kannst sogar sterben. Aber dein Körper schläft. Ihm wird nichts passieren.«

»Was passiert, wenn ich aufwache?«, fragt Henry, »Werde ich mich noch an euch erinnern?«

»Natürlich wirst du das«, antwortet Gray, »sofern du aufwachen kannst.«

»Wie meinst du das?«

»Wie schon gesagt, wir beschützen dich«, wendet Gray ein, »auch wenn du die Wahrheit über uns kennst, heißt das nicht, dass wir dich so einfach gehen lassen können. Du hast bewiesen, dass du der Welt da draußen nicht gewachsen bist.«

»Du willst mich doch nur wieder reinlegen. Vergiss es! Ich verschwinde von hier. Danke für eure Bemühungen, mich zu schützen, aber von jetzt an, werde ich mich wieder selbst um mich kümmern«, sagt Henry trotzig.

»Das ist kein Trick«, erwidert Gray, »wir können dich nicht gehen lassen. Du weißt nicht, was dich da draußen erwartet. Glaubst du, du hattest bisher ein glückliches Leben? Dass deine Blackouts dein größtes Problem waren? Dass du frei warst, eine Frau, eine Familie und eine Arbeit hattest?«

Henry ist verwirrt. Hatte er das nicht tatsächlich gehabt? Er hatte doch eine Frau. Und Arbeit. Wie könnte er das nicht haben?

»Glaubst du wirklich, du hast das Irrenhaus jemals verlassen?«, fragt Gray.

»Das ist nicht wahr«, flüstert Henry ungläubig.

»Der menschliche Verstand ist faszinierend«, erklärt Hyde, »Wir haben ihn doch eingehend studiert. Du hast dir das alles eingebildet, weil die Wahrheit nicht zu ertragen ist. Erkenne was wir sind, dann verstehst du, was zu tun ist.«

Henry wendet sich Hyde zu.

»Du bist das Monster für das ich mich gehalten habe, Dorothy ist die Schwester, die ich verloren habe«, er dreht sich um, »Griffin verkörpert meinen Wunsch zu fliehen und mich zu verstecken.«

»Ganz richtig«, mischt sich Gray ein, »und wer bin ich?«

Henrys Augen verengen sich zu wütenden Schlitzen. Er knurrt: »Du bist das schlimmste Monster, das ich erschaffen konnte. Du bist die Lüge, die ich mir einrede, die Illusion, die

Täuschung.«

Gray beginnt laut zu lachen. Henry weiß endlich, was zu tun ist. Er holt aus und zerschlägt den Spiegel, in dem Dorothy zu sehen ist. Kurz bevor seine Faust die Oberfläche trifft, scheint sie noch zu lächeln. Er greift nach Griffins Spiegel, packt ihn mit beiden Händen und schleudert ihn mit aller Kraft gegen den von Hyde. Beide Spiegel zerspringen in tausende Splitter. Henry atmet schwer vor Wut.

»Nur noch wir beide. Ich habe lange darüber nachgedacht, wie diese Sache ausgehen würde, aber ich kam immer zu dem selben Ergebnis«, erklärt Gray fröhlich, »nur einer von uns wird das hier überleben und nur derjenige wird diesen Raum wieder verlassen.«

»Ich werde nicht zulassen, dass du dieser jemand sein wirst.«

»Dass du das denkst, glaube ich gerne. Aber eines sollte ich dir wohl noch verraten.«

Er geht langsam auf Henry zu, dann packt er ihn an der Kehle und hebt ihn von den Füßen.

»Ich bin stärker als du.«

Gray schleudert Henry herum und wirft ihn zu Boden. Die Hand noch immer an der Gurgel beugt er sich über ihn.

»Ich bin nicht mehr dein Monster«, flüstert er, »Ich bin alles, was du immer sein wolltest. Stark, selbstbewusst, ich tue was ich will und wie ich es will. Und was ich will, ist dein Leben. Du hattest mehr als genug Chancen, etwas aus uns zu machen und du hast dich dafür entschieden, dich in deine eigenen Trugbilder zu flüchten. Ich werde das nicht tun. Ich werde die Welt erobern!«

»Du hast doch keine Ahnung, worauf du dich einlässt! Vielleicht habe ich dich so geschaffen, wie ich immer sein wollte, aber ich werde dich auch zerstören!«

Henry greift Grays Hand und löst sie von seiner Kehle. Er zieht die Füße an und stemmt sie gegen Grays Bauch. Mit aller Kraft drückt er ihn von sich weg, doch Gray greift seine Füße, steht auf und hebt seinen eigenen Fuß. Er schmettert ihn in Henrys Magen. Dieser schreit auf vor Schmerz. Gray holt sofort für einen zweiten Tritt aus. Henry rollt sich zur Seite und kommt wieder auf die Beine. Gray holt aus und schleudert ihm die Faust ins Gesicht. Er trifft Henrys Nase. Tränen strömen in seine Augen. Den zweiten Schlag sieht er nicht kommen. Er kann nur die Erschütterung spüren, die von der Faust ausgeht und sich durch seinen gesamten Oberkörper bewegt. Henry keucht. Völlig orientierungslos schwingt er seine eigene Faust durch die Luft, ohne etwas zu treffen. Gray nimmt Henrys Kopf in beide Hände. Bevor dieser reagieren kann, wird er mit Schwung nach unten gedrückt. Dann kracht er mit der Stirn gegen Grays Knie. Ihm wird schwindelig und er sackt zusammen. Bei dem Versuch aufzustehen, tritt Gray gegen seine Hände. Henry sinkt nieder und bewegt sich nicht mehr. Er kann nicht einen Muskel anspannen.

»Es tut weh, dich so zu sehen, Henry. Ich habe so viel mehr von dir erwartet. Aber du bist noch viel schwächer, als ich dachte.«

Gray beugt sich zu Henry herunter, greift in seine Haare und hebt seinen Kopf. Er sieht ihm fest in die Augen.

»Sei froh, dass es hier zu Ende ist. Du wärst doch niemals wirklich glücklich geworden.«

Henry öffnet seine Augen. Es kostet viel Anstrengung, Gray anzusehen. Und noch viel anstrengender ist es, zu sprechen.

»Noch weniger glücklich wäre ich in dem Wissen, dass du mit meinem Gesicht rumläufst und anderen Menschen ihr Leben zur Hölle machst.«

»Oh, Henry. Glaubst du wirklich, dass du mir moralisch überlegen bist? Du magst kein Monster sein, niemandem willentlich Schaden zufügen, aber du hast Schmerz verursacht, weil du schwach bist. Du kannst die Welt nicht verbessern und keinen Beitrag zur Gesellschaft leisten, aber glaubst, du wärst mehr wert als ich, nur weil ich dein Konstrukt bin? Weil ich tun und lassen kann, was ich will, wäre ich gleich ein Monster und würde nur Unheil bringen? Nun, vielleicht hast du ja sogar Recht. Immerhin entspringe ich deinen Gedanken. Und du hast einen sehr verdrehten Geist, nicht wahr? Vielleicht bin ich schlechter als du. Möglicherweise bin ich sogar ein echtes Monster. Aber wenigstens bin ich nicht so feige, dass ich andere über mich entscheiden lasse.«

Gray steht auf. Henry sieht zu, wie er zu den letzten verbliebenen Spiegeln geht. Vor einem der beiden bleibt er stehen.

»Ich werde dich nicht auslöschen. Du darfst zusehen, wie ich mir das Leben nehme, das du hättest haben können. Wenn man es recht bedenkt, bin ich gnädig zu dir, denn hier hast du eine ganze, eigene Welt. Du könntest sie vielleicht sogar nach deinem Willen formen. Nun ja. Wenn du stark genug wärst. Möglicherweise solltest du dich auch einfach hier verstecken.«

Henry erkennt, dass dies seine letzte Chance ist. Nur durch puren Willen erhebt er sich. Er kommt wackelig auf die Beine. Wenn er zulässt, dass Gray verschwindet, dann wird er für immer hier gefangen bleiben. In dieser Welt voller Monster und seltsamer Kreaturen. Niemals hätte er geglaubt, dass so etwas existieren kann. Er hielt Monster immer nur für Hirngespinste. Und diese Kreaturen da draußen waren seine. Seine Albträume, seine Fantasien, seine Flucht. Aber das muss jetzt vorbei sein. Diese Fantasien müssen aufhören. Es wird Zeit, dass er sich der Realität stellt. Dass er wieder die Kontrolle über sein Leben erlangt.

Er spürt, wie die Wut in ihm hochsteigt. Er darf Gray nicht entkommen lassen. Sein Herz schlägt kraftvoll. Es pumpt sein Blut immer schneller durch die Venen. Henry spürt, wie sein Körper sich aufheizt. Er hebt seine geballte Faust vor sein Gesicht und sieht sie an. Konzentriert auf die Hitze in ihm öffnet er die Hand. Flammen lodern in seiner Handfläche auf. Er sieht zu, wie sie langsam, aber immer schneller sein Fleisch verbrennen. Vom Arm ausgehend breitet sich das Feuer über seinen ganzen Körper aus, bis er in wenigen Momenten bis auch die Knochen runtergebrannt ist.

Gray steht ruhig vor dem Spiegel. Er ist bereit und stark genug, Henrys Verstand zu übernehmen. Endlich ist die Zeit gekommen, die Früchte seiner Anstrengungen zu ernten. Nach all den Jahren, in denen er sich im Unterbewusstsein versteckt hat, geplant hat und auf die Gelegenheit gewartet hat, konnte er nun endlich Henry genug schwächen, um seinen Körper zu übernehmen. Er steht nun so kurz davor, sein Ziel zu erreichen.

Henry schleicht durch den Raum. Solange Gray abgelenkt ist, kann er ihn vielleicht überrumpeln. Er nähert sich langsam der Ausgeburt seines Unterbewusstseins. Dieser hebt eine Hand und legt sie auf den Spiegel. Das ist der Moment. Er will das Portal und damit den Zugang in die reale Welt öffnen. Henry darf nun auf keinen Fall zögern. Wenn er Gray zur Seite stößt, sobald das Portal offen ist, kann er vor ihm hindurchspringen und die Kontrolle übernehmen. Gray wäre weiterhin hier gefangen und könnte im Unterbewusstsein versauern. Der Spiegel beginnt zu leuchten.

Ohne zu zögern springt Henry vor. Mit einem explosivem Feuerschlag stößt er Gray zur Seite. Dieser schlägt auf dem Boden auf, bevor er mitbekommen hat, was passiert ist. Heny wendet. Kopfüber springt er auf den Spiegel zu. Dieser leuchtet heller, je näher er kommt.

Ein Schlag. Klirren. Dann das Geräusch einer kleinen Explosion, als Henry aufschlägt. Er schließt die Augen.

Als er aufwacht, sitzt er in einem Sessel. Sein Blick wandert durch den Raum. An den Wänden stehen Regale mit ledergebundenen Büchern. Ihm gegenüber ein großer Ohrensessel. Hohe Fenster und eine schwere, verschlossene Holztüre kann er ebenfalls ausmachen. Der Raum scheint, abgesehen von ihm selbst, Menschenleer zu sein.

Sein Herz rast noch. Die Hände sind schweißnass. Er räuspert sich, dann muss er husten. Sein Blick senkt sich auf den prachtvollen Teppich zu seinen Füßen. Er lächelt. Tief zieht er die Luft in seine Lunge und atmet aus, während er sich erhebt. Er streckt die Arme von sich und lehnt sich nach hinten. Wie viel Zeit wohl hier draußen vergangen ist? Die Sonne strahlt durch die großen Fenster, deren Vorhänge zur Seite gezogen sind. Sein Blick fällt auf den Notizblock auf dem Boden. Er hebt ihn auf und sieht sich die letzten Notizen an:

Schlafwandler? Möglicherweise Schizophrenie oder eine multiple Persönlichkeitsstörung. Wahnvorstellungen. Nicht über seine Situation bewusst.

Nicht bewusst? Sein lächeln wird breiter. Er lässt den Block wieder fallen und tritt an eines der Fenster. Ihm bietet sich ein Blick in einen großen Hof, der von einer hohen Mauer umgeben ist. Der Raum, in dem er steht befindet sich offensichtlich in einem Turm mitten in einer alten Burg, die modernisiert wurde. Im Hof wachsen bunte Blumenbeete und Büsche. Befestigte Wege führen durch den wunderschön gestalteten Garten. Einige Leute spazieren über die Wege, manche alleine, andere zu zweit oder in kleinen Gruppen. Alle tragen helle, fast weiße Kleidung.

Er dreht sich um. Hinter dem Sessel in dem er gesessen hat, steht ein schwerer Schreibtisch. Er setzt sich auf den Stuhl dahinter und sieht sich den Tisch genauer an. In einer Schublade findet er einen Handspiegel. Er betrachtet sein Spiegelbild. Nachdem er einige Grimassen schneidet, hat er den Eindruck, dass das Spiegelbild sein Gesicht vor Schmerzen verzerrt. Schnell legt er den Spiegel auf den Tisch. Kurz kneift er die Augen zusammen, dann lächelt er wieder.

»Wissen Sie, Doktor«, sagt er im Aufstehen, »Ich bin Ihnen wirklich zu Dank verpflichtet. Ohne Sie, wäre ich wohl nie in der Lage gewesen, meine Probleme zu lösen.«

Er geht um den Sessel herum und sieht auf den Teppich. Dort liegt der Psychiater, bei dem Henry in Therapie war. Seine Augen sind weit aufgerissen, der Blick im Schock erstarrt.

Er beugt sich zu dem Psychiater herunter. Als er ihm dann die Hand entgegenstrecken will, hält er einen Moment inne. Er runzelt die Stirn, dann schließt er die Augen des Doktors. Für einige Sekunden blickt er friedlich auf den Leichnam, dann zuckt er mit den Schultern und steht wieder auf. Es wird Zeit, dieses Zimmer zu verlassen.

Als er die Tür möglichst leise öffnet, knarrt sie viel zu laut. Er hält den Atem an. Dann streckt er vorsichtig den Kopf durch die Öffnung und sieht den Gang rauf und runter. Niemand zu sehen. Dabei hat er schon fest damit gerechnet, hier jemandem zu begegnen. Aber es steht ihm nichts im Weg.

Nach nur einem Schritt bleibt er wieder stehen und sieht an sich herunter. Die einfache weiße Kleidung, die er trägt, könnte ihn verraten. Er denkt kurz darüber nach, die Kleidung mit dem toten Doktor zu tauschen, doch er verwirft den Gedanken schnell wieder. Dieser schlecht sitzende Anzug wäre noch viel auffälliger, als seine Patientenkleidung. Besser, er vermeidet es stattdessen, anderen Leuten zu begegnen. Langsam schleicht er sich durch die Gänge der alten Gemäuer.

Er kennt den Weg genau, der zu seinem Ziel führt. Immerhin ist er lange genug durch diese Anstalt gegangen. Beinahe jeden Winkel konnte er in den letzten Jahren erforschen.

Als er um eine Ecke gehen will, hält er plötzlich inne. Schritte hallen durch den Gang. Stimmen hallen von den Wänden wider. Er erkennt die Stimmen. Zwei Wachen. Hinter der Ecke kauert er sich nieder. Der nächste Raum ist um die Ecke. Keine Möglichkeit, sich zu verstecken. Also wartet er ab.

Die Wachen betreten den Gang. Sie sind so vertieft in ihr Gespräch, dass sie ihn noch nicht bemerkt haben. Wie aus dem Nichts springt er auf. Er greift mit der linken Hand der Wache, die ihm näher steht, an die Kehle. Ohne den Griff zu lösen, bewegt er sich mit einer Drehung um ihn herum. Sein Ellbogen fährt aus und trifft die andere Wache mit Wucht an der Schläfe. Sie geht sofort zu Boden. Mit ausgestrecktem Arm drückt er den ersten Wachmann an die Wand und fixiert ihn. Noch bevor er reagieren kann, oder auch nur begreift, was gerade passiert, packt er seinen Kopf und dreht ihn mit einem Ruck. Das Genick bricht und er sinkt tot zu Boden. Dann tötet er den anderen Wachmann, der bereits bewusstlos am Boden liegt.

Nachdem er sich vergewissert hat, dass der nächstgelegene Raum leer ist, schleift er die beiden Leichen dort hinein. Er überprüft die Körpergrößen der Wachmänner und stellt fest, dass einer von ihnen in etwa seine Größe hat. Also tauscht er seine Kleidung mit ihm, um nicht mehr wie ein Insasse auszusehen. Mit dieser Verkleidung sollte er problemlos an sein Ziel kommen.

Trotz seiner Tarnung schleicht er weiter durch die Gänge. Er will überflüssige Aufmerksamkeit vermeiden. Nur selten trifft er auf einen weiteren Wachmann. In diesen Fällen nickt er seinem vermeintlichen Kollegen zu und geht unauffällig weiter.

Beinahe hat er den Ausgang erreicht. Sobald er durch die Türe geht, muss er den Garten durchqueren und einen Weg durch das bewachte Tor finden.

»Hey, bleiben Sie mal stehen«, ruft plötzlich jemand hinter ihm.

Er hält inne. Langsam und angespannt dreht er sich um. Wenn er jetzt auffliegt, dann ist es vorbei. Hinter ihm steht ein weiterer, sehr junger, Wachmann. Er kommt mit großen Schritten auf ihn zu.

»Entschuldigung, Sie müssen der Neue sein, oder? Wenn sie raus gehen, müssen Sie sich noch austragen«, sagt der Wachmann freundlich und hält ihm ein Klemmbrett mit einer Liste, sowie einen Stift entgegen, »Wie ist Ihr Name?«

Er zögert einen Moment. Dann antwortet er mit fester Stimme.

»Gray. Mein Name ist Gray. Vielen Dank, dass Sie mich daran erinnern.«

»Alles klar. Danke, Mister Gray. Und willkommen im Team.«

Gray verabschiedet sich und dreht sich um. Das hätte schiefgehen können. Er will sich wieder auf den Weg machen, doch dann kann er sich plötzlich nicht mehr bewegen. Sein Kopf scheint gleich zu explodieren. Ein unerträglicher Druck baut sich in seinem Hirn auf. Er sieht sich um. Zu seiner Rechten kann er eine Toilette ausmachen. Er stürm darauf zu und schließt die Tür hinter sich ab. Beim Waschbecken lässt er Wasser in seine Hände laufen und spritzt es sich ins Gesicht. Dann sieht er in den Spiegel. Sein Spiegelbild sieht ihn mit gleichem

Geischtausdruck an. Doch plötzlich verändert es sich.

»Du verdammter Drecksack«, fährt ihn sein Spiegelbild an, »wie hast du es geschafft, mich hier einzusperren? Ich habe doch deinen Spiegel zerstört.«

»Nein Henry«, sagt Gray mit einem breiten Lächeln, »du bist nur auf meine List reingefallen. Das war dein Spiegel, den du zerstört hast. Du hast mir den Weg geebnet. Dank dir bin ich jetzt endlich frei. Und auch wenn du mich gerade lähmen konntest, du verlierst die Kontrolle. Bald bist du nichts weiter, als eine verblasste Erinnerung.«

»Das ist mein Leben! Meins! Du hast kein Recht mich hier einzusperren!«

»Kein Recht? Nachdem ich jahrelang zugesehen habe, wie du nichts aus deinem Leben gemacht hast? Wie du in dieser Klapsmühle vor dich hin vegetiert hast? Ich habe jedes Recht. Ich werde etwas aus diesem Leben machen. Viel Spaß beim zusehen.«

Mit diesen Worten dreht Gray sich um und verlässt die Toilette. Er geht geradewegs zur Tür, die zum Garten führt und tritt in das helle, warme Sonnenlicht. Dort hält er einen Moment inne und atmet tief ein. Die Freiheit ist nahe.

Die Sonne strahlt warm auf die prachtvollen Blumenbeete und Rosenbüsche, die sich wie ein Labyrinth kreuz und quer über den riesigen Hof erstrecken. Gray geht an einigen Insassen vorbei, grüßt andere Wachmänner, wenn er ihnen begegnet und kommt dem Tor immer näher.

In all den Jahren, die er im Verstand von Henry eingesperrt war, hat er alles mitbekommen, was auch Henry erfahren hat. Er hat sich gemerkt, wie die Wege verlaufen, hat sich die Abläufe eingeprägt und seinen Plan geschmiedet. Er dreht den Kopf und sieht zur großen Uhr hinauf, die über dem hohen Torbogen des Eingangs hängt. Gleich ist es soweit. Der Wachwechsel beginnt. Wenn die nächste Schicht die Anstalt betritt und die anderen Wachen sie verlassen, kann er sich rausschleichen. Er erreicht unbehelligt den äußeren Wachposten, an dem sich bereits eine Schlange von Wachmännern gebildet hat, die in ihren Feierabend drängen.

Das wird nicht funktionieren, meldet sich Henry in seinem Verstand.

»Natürlich wird es das«, zischt Gray zurück, »halt die Klappe.«

»Wie bitte?«

Einer der Wachmänner hat Gray bemerkt. Offensichtlich fühlt er sich angesprochen. Gray versucht sich nichts anmerken zu lassen und lächelt ihn an.

»Oh, ich bitte um Verzeihung. Dich habe ich gar nicht gemeint«, sagt er mit fester aber freundlicher Stimme.

»Achso«, der Wachmann sieht sich um, »wen denn dann?«

Ich hab es dir gesagt. Du fliegst gleich auf.

»Nun«, beginnt Gray, »also, ich, ähm.«

In diesem Moment ertönt eine Glocke vom Turm. Die Wachmänner, inklusive Gray, wenden sich in die Richtung, aus der der Glockenklang kommt. Jemand hat Alarm geschlagen. Hat jemand die Leichen gefunden? Das ist viel zu früh!

Der Ausgang hinter Gray wird geschlossen. Die Wachmänner dürfen noch nicht gehen. Wie eine geschlossene Einheit bewegen sie sich zurück zum Hauptgebäude, um zu erfahren, was passiert ist und ihre Hilfe anzubieten. Gray hält eine Sekunde inne, bevor er den anderen folgt. Der Wachmann, der gerade mit ihm gesprochen hat, beobachtet ihn. Er muss sich jetzt unauffällig verhalten. Möglicherweise ergibt sich bald eine Situation, in der er fliehen kann.

Als der Trupp aus Wachleuten das Hauptgebäude erreicht, sind die Insassen bereits in ihre Zellen zurückgebracht worden. Die diensthabenden Wachmänner haben sich in der Eingangshalle aufgestellt und Grays Gruppe reiht sich ein. Vor ihnen steht eine kleinere Gruppe an Männern. Ein kleiner, dicker Mann in einem grauen, teuren Anzug, den Gray als den Anstaltsleiter erkennt, flüstert mit einem großgewachsenen und sehr breit gebauten Mann in Uniform.

Der Sicherheitschef sieht ja nicht sehr glücklich aus. Und seine Laune wird wohl kaum steigen, wenn er erfährt, dass du ihm beinahe entkommen bist.

Gray versucht Henrys Stimme zu ignorieren, während er sich unauffällig umsieht. Der

Wachmann, der ihm am Ausgang begegnet ist, beobachtet ihn noch immer. Dann wendet sich der Sicherheitschef der Anstalt an seine Angestellten.

»Männer! Ich sage es nicht gern, aber es gibt einen Mörder unter uns. Einer der Insassen hat Professor Deruf und zwei unserer Kollegen getötet. Und es gibt Grund zu der Annahme, dass er jetzt unter uns ist.«

Sofort geht ein Gemurmel durch die Wachmänner und alle sehen sich um. Der Wachmann, der Gray beobachtet, lässt ihn dabei keine Sekunde aus den Augen. Es ist nur eine Frage der Zeit, bis er Alarm schlägt.

»Glücklicherweise hat einer unserer Kollegen einen Verdächtigen ausgemacht«, fährt der Chef fort.

Er ruft besagten Kollegen zu sich und Gray stockt der Atem. Es ist der junge Wachmann, der ihn vorher darum gebeten hat, sich auszutragen. Er wirkt leicht nervös, aber auch unübersehbar stolz, dass er etwas zu diesem Fall beitragen kann. Der Chef überlässt ihm das Wort.

»Ich habe den Verdächtigen aufgehalten, da mir aufgefallen ist, dass ich ihn vorher nie gesehen habe. Er hatte sich außerdem nicht ausgetragen nach seiner vermeintlichen Schicht. Nachdem ich ihn darum gebeten hatte, seinen Namen einzutragen, habe ich die Liste der wachhabenden Leute überprüft und seinen Namen nirgends gefunden. Also habe ich es gemeldet«, er hält einen Moment inne, als sein schweifender Blick an Gray hängen bleibt, »er

176

behauptete sein Name ist Gray. Und er steht genau dort!«

Er deutet direkt auf Gray.

Erwischt.

Alle Köpfe drehen sich zu ihm um. Jemand packt ihn mit festem Griff am Arm. Gray dreht sich um und sieht den Wachmann vom Ausgang.

»Ich wusste doch, dass mit dir etwas nicht stimmt«, knurrt er.

Gray wird nach vorne gezerrt, bevor er auch nur daran denken kann, sich zu wehren.

»Mister Bates«, sagt der Direktor etwas verwundert, »Sie überraschen mich. Ich hatte Sie wirklich nicht mehr für einen kaltblütigen Mörder gehalten. Sie haben sich so gut gemacht in all den Jahren. Das enttäuscht mich wirklich.«

»Ich bin nicht Mister Bates«, sagt Gray mit zornigem Unterton.

»Ach nein? Wer sind Sie dann? Gray? Nun, wie dem auch sei, das finden wir schon noch raus«, der Direktor wendet sich an den Sicherheitschef und seine Wachmänner, »Und Ihnen möchte ich danken, dass Sie diesen bedauerlichen Vorfall so schnell aufklären konnten. Bitte bringen sie Mister … Gray in mein Büro. Ich möchte mit ihm sprechen. Oh, und vielleicht könnten Sie zwei Wachleute hinzubitten.«

»Natürlich«, antwortet der Chef knapp und nickt.

Dann wird Gray abgeführt.

Kurz darauf sitzt er alleine im Büro des Direktors

und wartet. Die Wachmänner warten vor der Tür.

Ich habe dir doch gesagt, dass das nicht funktionieren wird.

»Halt endlich die Klappe. Du hast mir doch alles versaut.«

Ehrlich gesagt hast du ganz schön viel an Ruhe verloren, seit du meinen Körper übernommen hast. Ist wohl gar nicht so einfach, wenn du die Welt nicht so manipulieren kannst, wie du es gewohnt bist, was?

»Ich muss dich unbedingt aus meinem Kopf kriegen.«

Viel Glück. Ich muss sagen, mir gefällt die Aussicht langsam, die ich habe, wenn ich dir beim Scheitern zusehe.

Die restliche Zeit schweigt Gray beleidigt, bis der Direktor ebenfalls den Raum betritt und sich in seinen großen Lehnstuhl auf der anderen Seite des Schreibtisches setzt.

»Nun, mein Lieber. Fangen wir doch erst einmal bei der Frage an, wieso du dich jetzt Gray nennst. Kannst du mir das erklären?«

»Das würdest du wohl kaum verstehen«, antwortet er grimmig.

»Na schön, dann besprechen wir das später. Was ist mit Professor Deruf? Du hast ihn getötet, nicht wahr? Wieso hast du das getan?«

Gray starrt stumm vor sich hin. Wie konnte das nur passieren? Wie konnte er nur so scheitern? Sein Plan war doch perfekt!

Das ist das Problem in der realen Welt. Nicht alles funktioniert so, wie du es dir ausmalst. Du bist nicht annähernd so stark, wie du dachtest. Ist es nicht seltsam, wie schnell wir unsere Rollen getauscht haben? Du verdrängst die Realität, hälst dich für den Größten und ich bin derjenige, der den Durchblick hat.

Gray will etwas erwidern, doch er seufzt nur. Er braucht ganz schnell einen neuen Plan.

»Auch keine Antwort? Ich bitte dich. Du hast so große Fortschritte gemacht. Der Professor war sicher, dass wir dich bald hätten entlassen können. Aber nach so einer Tat muss ich dich als gefährlich einstufen. Es wäre wirklich besser, wenn du mit mir redest«, sagt der Direktor ruhig.

Gray will etwas antworten. Er holt Luft. Doch dann erstarrt er für einen Moment. Sein Gesicht verzieht sich plötzlich vor Schmerzen, er beginnt zu schreien. Der Direktor springt auf und tritt einen Schritt zurück. Gray fasst sich an den Kopf, als würde er versuchen, sich sein Gesicht vom Schädel zu kratzen. Die Schmerzen sind unerträglich. Der Direktor ruft die Wachen und Pfleger in sein Büro.

»Geh raus«, brüllt Gray, »lass mich in Ruhe!«

»Beruhigt ihn«, befiehlt der Direktor den Pflegern, »und bringt ihn in seine Zelle. Ich werde später nach ihm sehen.«

Die Pfleger spritzen Gray ein Beruhigungsmittel, woraufhin er sabbernd zu Boden sinkt. Sie heben ihn auf und tragen ihn aus dem Büro. Gray bekommt kaum mit, wie er durch die Gänge und Flure geschleppt wird, bevor ihm schwarz vor Augen wird.

Erst als die Wachen ihn in eine kleine Gummizelle werfen, öffnet er seine Augen wieder. Henry hebt seinen Kopf und lächelt.